Voll
durchs Leben gekachelt

Hiermit möchte ich allen danken, die mich zu diesem Buch inspiriert haben.

Don Parakay

Voll
durchs Leben gekachelt

Bibliografische Information der Deutschen Nationalbibliothek:
Die Deutsche Nationalbibliothek verzeichnet diese Publikation in der Deutschen Nationalbibliografie; detaillierte bibliografische Daten sind im Internet über http://dnb.dnb.de abrufbar.

© 2015 **Don Parakay**

Illustration: Doña Parakay
Website: www.parakay.blogspot.com
Facebook: www.facebook.com/donparakay

Herstellung und Verlag: BoD – Books on Demand, Norderstedt

ISBN: 978-3-738630312

Inhaltsverzeichnis

Wie alles begann...7
Ich war jung und hatte das Geld.......................22
Vorsicht, ich komme!..26
Jippi, ich habe einen Beruf................................35
Das Ende des Einsiedlerlebens.........................46
Der real existierende Sozialismus....................54
Eigentlich ein ganz normaler Tag.....................69
Die neue Freiheit...77
Wendemanöver...81
Suche Fliesenleger..91
Auf einmal bist du Papa....................................96
Wo soll ich unterschreiben?............................107
Das Fetenhaus am Rande der Stadt...............114
Bauarbeiter wie du und ich............................125
Gute Zeiten, schlechte Zeiten.........................133
Im Visier des Pleitegeiers................................143
Und weiter geht´s..148
Nochmal Neu bitte..152
Der Weg ist das Ziel..159
Eigentlich ein ganz normaler Tag...................168
Das neue Leben unter Palmen.......................175
Nächtlicher Besuch...186
Der ganz normale Arbeitsalltag......................194
Was will man mehr?..202
Das letzte Kapitel..209

Wie alles begann

Da war diese dunkelblaue Reisetasche aus Kunstleder. Sie hatte zwei übergroße, goldene Schnallen und unzählige Reißverschlüsse - natürlich auch golden. Das Eigenartige war, dass die Reißverschlüsse gar keine Funktion hatten, sondern nur zur Attrappe in das dunkelblaue Kunstleder eingenäht waren.

»Warum macht man so etwas?«

Aber die Taschendesigner hatten dem Erscheinungsbild noch weiter zugesetzt. Auf der Vorderseite waren zwei große Buchstaben aufgenäht - ein J und ein M - in Knallrot. Ich habe bis heute keine Ahnung, was diese Buchstaben zu bedeuten hatten oder für was sie standen. Vielleicht »Ja Meine« oder »JO MAN«. Aber eins weiß ich dennoch genau - die Tasche war zum Fürchten hässlich.

Und ich war es nun, der dieses kunstvolle Produkt in der Welt zur Schau tragen sollte. Meine Mutter hatte kein Erbarmen oder vielleicht auch keine andere Tasche, jedenfalls musste ich diese jeden Sonntag aufs Neue packen. Unterhosen, Socken, Nicki (ostdeutscher Begriff für T-Shirt), Hose, eben alles Notwendige für eine Woche. Ausgefüllt war das Monster damit noch lange nicht und es hätten bequem noch Sachen für zwei weitere Wochen rein gepasst. Sie war also nicht nur ausgesprochen hässlich, sondern auch noch viel zu riesig. Und so schickte mich meine Mutter dann in die große weite Welt.

Ich war 17 Jahre alt. Es war an der Zeit einen Beruf zu erlernen und die eigene Zukunft in Angriff zu nehmen. Mein eigenes Geld verdienen und solche Sachen. Wobei ich mir schwor, dass mein erstes selbst verdientes Geld in eine neue, modernere Reisetasche gesteckt wird, also in den Kauf einer solchen. Eine die ich mir umhängen konnte, ohne ständig belächelt zu werden. Doch es sollte nicht so schnell dazu kommen, denn die Tasche entpuppte sich bald als ein idealer Begleiter.

Aber kommen wir darauf, worauf ich hinaus will: Jeder hat als Kind so seinen Traumberuf. Bei mir war es der Beruf des Zootechnikers und an dieser Stelle muss ich mal sagen: »Es ist toll, wie man in der damaligen DDR einen so einfachen Beruf wie den des Stallburschen klangvoll veredelte.« Zootechniker, das hat doch was. Aber mir ging es nicht um einen exotischen Klang der

Berufsbezeichnung, sondern ich hatte Spaß im Umgang mit Kühen und Schweinen, das hatte ich bei meiner Ferienarbeit in der LPG herausgefunden. Übrigens, wer hier Fragezeichen in den Augen hat, für den sei erklärt, LPG bedeutet Landwirtschaftliche Produktions-Genossenschaft und war in der ehemaligen DDR ein staatlicher Zusammenschluss von vielen kleinen Bauern zu einem Großen, also von wenig Mist zu viel Mist.

Doch der Beruf des Zootechnikers wurde mir ausgeredet. Vor allem meine Mutter hielt mir viele Argumente vor Augen, die gegen meinen Berufswunsch sprachen.

»Mit deinen Zensuren kannst du doch viel mehr aus dir machen.«

»Willst du dein ganzes Leben im Schweinestall arbeiten?«

»In Gummistiefeln bekommt man Schweißfüße.« oder

»Die Zootechniker müssen in der Gastwirtschaft immer alleine sitzen, wegen des Geruchs.« Okay, das war dann das ausschlaggebende Argument, welches gegen den Zootechniker sprach, denn auch wenn meine Karriere als Biertrinker noch in den Kinderschuhen steckte, so wusste ich doch schon, dass alleine Bier trinken keinen Spaß macht.

Ich suchte weiter nach meinem Traumjob und stieß so auf den Beruf des Journalisten. Bei genauerem Hingucken, musste ich aber feststellen, dass dafür das Abitur nötig war. Damit war dieser Beruf auch von der Liste gestrichen, denn freiwillig zwei Jahre länger zur Schule gehen, wollte ich nicht.

Letztendlich entschied ich mich dann dafür, auf den Bau zu gehen und Fliesenleger zu werden. Das Berufsbild erschien mir interessant und das Geld sollte, dem Sagen nach, auch stimmen. Was mir dann dieser Beruf wirklich ermöglichen würde, wie er mein Leben lenken sollte und welch unterschiedliche Menschen mir durch die Baustelle stolpern würden, das konnte ich damals nicht im Geringsten erahnen.

In den ersten Monaten meiner Lehrzeit brachte mich meine Mutter jeden Sonntag mit dem Auto zum Bahnhof. Ich nahm mein Gepäck aus dem Kofferraum und verabschiedete mich von ihr. Meine hässliche, viel zu große, blaue Kunstlederreisetasche mit den großen roten Buchstaben J M und den goldenen Schnallen und funktionslosen goldenen Reißverschlüssen hing wie ein nasser Einkaufsbeutel von meiner Schulter. Am Bahnsteig traf ich dann alle die, die das gleiche Schicksal mit mir teilten und in einer anderen Stadt zur Lehre gingen. Die Tasche versuchte ich dann immer, so gut es ging, zu verbergen, was auf Grund ihrer Größe nicht unbedingt leicht war.

Ich wollte Fliesenleger werden oder besser gesagt Fliesen-, Platten- und Mosaikleger, doch in meiner Heimatstadt Salzwedel gab es keine Lehrstelle für diesen Beruf. So musste ich nun für die Praxis 100 Kilometer bis nach Magdeburg fahren und für die Theorie ins 200 Kilometer entfernte thüringische Buttstädt reisen.

Für die Zugfahrt machte mir meine Mutter immer ein riesiges Stullenpaket. Es waren so viele Brote, dass eine normale Brotdose nicht ausreichte und sie mir eine Gefrierdose überließ, die 22 Zentimeter im Quadrat und 10 Zentimeter hoch war. Ich weiß das so genau, weil ich sie mal ausgemessen habe - ja ausgemessen. Ich glaube, die wenigsten Menschen messen ihre Brotdosen aus, aber ich tat dies und hatte einen guten Grund dafür. Aber dazu später mehr.

Bevor ich das erste Mal eine Fliese in die Hand bekam, stand trockene Theorie auf dem

Plan. Vier Wochen Berufsschule in dem idyllischem Städtchen Buttstädt im Thüringer Becken. Nach Hause ging es, auf Grund der Entfernung, nur an den Wochenenden. Die übrige Zeit war ich mit Meinesgleichen in einem LWH (Lehrlingswohnheim) untergebracht. Werkstoffkunde, Zeichnen und Technologie hießen einige der staubtrockenen theoretischen Unterrichtsfächer, und nachdem ich vier Wochen später endlich wusste, woraus eine Fliese besteht und welche Verlegetechniken es gab, war es so weit. Auf die Theorie sollte nun die Praxis folgen.

Doch bevor ich nun endlich spüren durfte, wie sich eine Fliese anfühlt, lernte ich das spannende Prickeln beim Lesen eines Lohnstreifens kennen. Es war fantastisch. Mein erstes selbst verdientes Geld. Und dabei hatte ich mich noch nicht einmal schmutzig gemacht. 120 Mark stand auf der 50 Zentimeter langen und 2 Zentimeter breiten Papierschlange. Um alles zu verstehen, was da an Prozenten wo hin geschoben wurde, hätte ich studieren müssen, aber irgendwie fand ich heraus, dass am Ende des mathematischen Wirrwarrs der Auszahlungsbetrag stand. Ganze 80 Mark blieben mir, nach Abzug aller Steuern, Sozialabgaben, Versicherungen und der LWH-

Kosten, übrig. Man war ich stolz. Das bedeutete, ich hatte ab sofort für jede Woche circa 20 Mark zum Ausplempern. Im Gegensatz zu meinen vorher monatlichen 5 Mark Taschengeld eine deutliche Verbesserung. Verflixt, da fiel mir wieder meine dunkelblaue Kunstlederreisetasche ein. Doch ich beschloss kurzer Hand, den Kauf einer Neuen noch etwas zu verschieben und in dem kommenden Monat mal richtig einen drauf zu machen.

Ich war Teil einer zwölfköpfigen Lehrlingsbrigade, in der alle das gleiche Ziel hatten - den Facharbeiter als Fliesenleger. Unser Ausbildungsbetrieb stellte uns eine Baustelle zu Übungszwecken zur Verfügung - die damalige Diamantbrauerei in Magdeburg. Diese hätte als Übungsprojekt nicht idealer sein können, auch wenn der erste Eindruck ein anderer war.

Wir trafen uns morgens um 7.00 Uhr in einem alten Bauwagen. Jedem Lehrling wurde ein Spind zugeteilt und wir lernten unseren Lehrmeister kennen. Nach kurzer Einweisung durch diesen, gab es dann endlich unsere erste Wirkungsstätte zu sehen.

Der dunkle, verwinkelte Keller des alten Brauhauses sollte von nun an, unser Arbeitsplatz sein. Das hatte ich mir anders vorgestellt. Da war nichts mit Badezimmer, Küche oder Schwimmbecken. Dafür, alte feuchte Felssteinmauern, Gewölbedecken, Rundbögen und enge Kellerflure. Es roch überall nach Hefe und Bier und das Tageslicht hatte hier unten keine Chance.

Doch ich gewöhnte mich schnell an die Umgebung und ja, ich fühlte mich sogar wohl. Ich schloss Freundschaft mit dem Braumeister Rolf, der immer wieder nach dem Bier in den Gärbecken schaute, welche sich in unmittelbarer Nähe meines Arbeitsplatzes befanden. Wenn er morgens das erste Mal vorbei kam, tänzelte er noch pfeifend und leichtfüßig über meine Fliesenkartons und glitt elegant an meinem Mörtelkübel vorbei. Am Nachmittag sah diese Prozedur schon etwas anders aus. Das Pfeifen war zu einem weichen Zischen geworden und die Fliesenkartons wurden zu gefährlichen Stolperfallen. Nicht selten landete er dann kurze Zeit später in meinem Mörtelkübel und hatte Schwierigkeiten sich selbst aus der misslichen Lage zu befreien. Ich half ihm dann wieder auf die Beine, und weil ich so ein lieber, netter Kerl war, gab es zur Belohnung ein großes Glas des leckeren Gerstensaftes, frisch aus dem Gärbecken. Das konnte ja nicht verboten sein, denn an dem Becken bedienten sich ständig irgendwelche Brauereimitarbeiter.

Die Materialversorgung in der DDR war bekanntermaßen nicht ganz ausgegoren, um es mal im Brauereijargon auszudrücken, und es kam zu vielen Engpässen. Fliesen waren da keine Ausnahme und so gab es diese nur auf Zuteilung oder mit Beziehungen. Da ich jetzt mit Fliesen zu tun hatte, steigerte sich das öffentliche Interesse an meiner Person enorm und schon nach zwei Wochen auf der Baustelle kam die erste Anfrage. »Kannst du mir nicht ein paar Quadratmeter Fliesen besorgen? Und vielleicht kannst du sie mir auch gleich verlegen?« Wow, das hatte ich so nicht erwartet. Gerade mal eine zweiwöchige Berufserfahrung hatte ich vorzuweisen und nun sollte ich ein kleines Badezimmer fliesen. Ich hatte keine Ahnung, wie ich die Fliesen besorgen sollte, geschweige denn, wie man ein Bad fliest. Egal, ich sagte prompt zu und überlegte später, wie ich meinen ersten eigenen Auftrag realisieren konnte.

Das Material der Begierde befand sich im Materiallager, dicht neben dem Bauwagen unserer Lehrlingsbrigade. 12 Quadratmeter waren von meinem Kunden bestellt worden und unser Lagerbestand zählte über

200 Quadratmeter, alles die gleichen Fliesen, was nicht unbedingt selbstverständlich war. Wandfliesen 15 mal 15 Zentimeter in Grau marmoriert. Die Fliesen standen also da, doch wie schmuggel ich diese am unauffälligsten vom Brauereihof? 12 Quadratmeter Fliesen sind nicht eben mal so in der Hosentasche zu transportieren und mit circa 15 Kilo pro Quadratmeter auch nicht gerade leicht.

Es war Montag und ich saß mit meinen Lehrlingsbrüdern gerade am Frühstückstisch. Da fiel mein Blick auf meine Brotdose. Es dauerte keine 10 Sekunden, bis ich den Zollstock aus der Tasche zog und Mutti´s Stullenkiste ausmaß. Kurzes rechnen und ich kam auf 10 Stück der begehrten Keramikware, die die Brotdose beherbergen könnte. Das bedeutete: 5 Arbeitstage in der Woche wären ein Quadratmeter Fliesen. Schon in 12 Wochen könnte ich also die bestellte Ware liefern. Ich begann noch am selben Tag meinen Plan in die Tat umzusetzen und ließ unauffällig 10 Fliesen in den unendlichen Weiten meiner Verpflegungsschatulle verschwinden. Jeden Tag 10 Fliesen, das wird niemandem auffallen.

Am Freitag nahm ich nur 4 Fliesen mit, denn ein ordentlich zusammengefalteter Fliesenkarton musste auch noch mit in die

Brotbüchse. 44 Fliesen waren nun in meinen Besitz übergegangen, was genau einem Quadratmeter entsprach.

Endlich Wochenende. Es ging nach Hause und ich packte schnell noch die hässliche, dunkelblaue Kunstlederreisetasche. Diese erwies sich nun aber als ideale Fliesentransporttasche, und während diese am Montag noch 10 Kilogramm wog, hatte ich jetzt 25 Kilogramm über der Schulter hängen. Mein Plan war perfekt und mein Kunde zeigte große Freude über die Ankündigung der kurzen Lieferzeit von 12 Wochen.

Die Sache lief wie am Schnürchen. Jeden Sonntagabend schlenderte ich leichtfüßig mit meiner dunkelblauen Tasche mit den goldenen Schnallen und Reißverschlüssen und den knallroten Buchstaben über den Bahnsteig und überlegte mir seltsamerweise sogar, dass wenn das Geschäft so gut weiterläuft, ich diese billigen Goldimitate mal durch echt vergoldete oder gar aus purem Gold bestehenden Schnallen und Reißverschlüsse ersetzen lassen kann, wobei ich den Reißverschlüssen natürlich eine richtige Funktion verpassen würde.

Es war in der neunten Woche und es fehlten noch 4 Quadratmeter, als unser

Lehrmeister eine außerordentliche Lehrlingsbrigadenversammlung einberief.

»Unter uns ist jemand, der sich unerlaubt am Fliesenlager bedient.« Das waren seine Worte. Danach 5 Minuten Stille. »Ich hoffe, derjenige hat den Mumm und kommt nachher zu mir und erklärt mir die Angelegenheit.« Damit entließ er uns wieder an die Arbeit.

Mist! Was nun? Diese Ansage hing den ganzen Tag wie ein Damoklesschwert über meinem Kopf. Es war früher Nachmittag des selbigen Tages und Rolf der Braumeister machte gerade seinen Kontrollgang an den Gärbecken. Wie so oft half ich ihm kurze Zeit später aus meinem Mörtelkübel, der an diesem Nachmittag voller war, als an den anderen Nachmittagen. Als sich Rolf endlich vom Mörtel befreit hatte, fragte er mich, was los sei. »Du hasccht doch son scho um die Seit dein – hiuq - Mötel wechjearbeidet!« Ich erklärte ihm kleinlaut was uns der Meister gesagt hatte. Daraufhin holte Rolf uns erst einmal ein Becherchen Bier. »Euer Meisster isn guda. Geh hin un sachim dasch du die Kachiln hast.«

Woher wusste Rolf, dass ich die Fliesen hatte? Ich grübelte ein Weilchen und machte dann meinen Arbeitsplatz sauber. Ich schlich langsam über den Brauereihof zum Bauwagen.

Als ich die Tür öffnete, schaute mich mein Meister über seine Brille freundlich an. »Ich habs immer gesagt, dass du ein pfiffiges Kerlchen bist. Setz dich.« Dann erklärte er mir, ihm sei aufgefallen, dass ich morgens meinen Verpflegungsbeutel mit meiner Brotdose locker am Handgelenk trug und derselbe Beutel zum Feierabend meinen Arm straff in Richtung Brauereipflaster zog. Daraufhin schaute er dann mal in meinen Spind und auch in meine Brotdose, die zu diesem Zeitpunkt schon wieder ihre 10 Fliesen in sich trug. Ich war also ertappt und machte mich für meine Abreibung bereit, doch es passierte etwas völlig anderes, als ich erwartet hatte.

»Ich hoffe, du weißt, was Fliesen kosten? Normal, unter der Hand meine ich, sind es 1,50 Mark. Pro Stück!! Wie viel Fliesen brauchst du noch?« Ich fragte ihn, ob ich die jetzt bezahlen muss.

»Nein, aber das nächste Mal informierst du mich und fragst vorher.«

Am folgenden Tag nahm ich meine Reisetasche mit zur Arbeit, denn dieses Mal wurde nicht meine Brotdose aufgefüllt, sondern es landeten die noch fehlenden 4 Quadratmeter im dunkelblauen Kunstleder. Es war das erste Mal, dass meine Tasche richtig gefüllt war und irgendwie fing ich an, sie zu lieben.

Nun mussten die Fliesen nur noch an die Wand und an den folgenden 3 Wochenenden war ich in dem Bad meines ersten Kunden beschäftigt.

Ich legte meinen Stundenlohn auf 5 Mark fest, was ich als angemessen empfand.

Nach dem dritten Wochenende war es geschafft. Das kleine Bad war gefliest und der Kunde zufrieden. Ich machte meine allererste Abrechnung.

12 Quadratmeter Fliesen liefern mal 66 Mark gleich 792 Mark.

Arbeitslohn: 6 Tage mal 10 Stunden mal 5 Mark gleich 300 Mark

Gesamt: 1092 Mark.

Der Kunde freute sich und rundete die Summe noch mit etwas Trinkgeld auf und am Ende hatte ich 1150 Mark in meiner Latzhose.

Meine Lehrzeit hatte eigentlich gerade erst begonnen und mein monatlicher Lehrlingslohn von 80 Mark war, im Vergleich zu dem, was jetzt schon in meinem Geldbeutel steckte, nur ein Trinkgeld. Doch das alles war nur der Anfang.

Spätestens jetzt hätte ich mir eine neue Reisetasche kaufen können, aber das tat ich nicht. Nein, ich war weiter mit der dunkelblauen, aus Kunstleder gefertigten Reisetasche, mit den übergroßen goldenen Schnallen und Reißverschlussattrappen unterwegs. Doch ich machte eins. Ich gab die Tasche beim Sattler ab und ließ die beiden großen knallroten Buchstaben J M entfernen und durch zwei große knallrote Buchstaben ersetzen. F K stand da jetzt auf dem Leder. Und bei diesen Buchstaben wusste ich, was sie bedeuteten. »Fliesen – Kay«.

Ich war jung und hatte das Geld

»Lehrjahre sind keine Herrenjahre.« Das sagte immer unser Meister, doch so richtig verstanden habe ich die Bedeutung dieser Worte nie. Vielleicht sollte ich mich mal informieren, was Herrenjahre eigentlich sind.

Wenn ich an meine Lehrjahre zurückdenke, weiß ich jedenfalls, dass es eine wunderschöne Zeit war. Meine Privatkunden gaben sich die Klinke in die Hand und ein Badezimmer nach dem anderen wurde an den Wochenenden, neben meiner Lehre, von mir abgearbeitet. Natürlich übernahm ich dabei meistens auch die Materialbeschaffung, die nicht ganz legal, aber sehr lukrativ war. So war mein Portemonnaie immer prall gefüllt und in meiner Freizeit war es schwer für mich, das Geld wieder auszugeben.

Nach Beendigung des ersten Lehrjahres wurde dann unsere Lehrlingsbrigade gesplittet und unser Betrieb, welcher ein großes staatliches Kombinat war, verteilte uns Stifte, wie wir hießen, auf die Großbaustellen der ganzen Deutschen Demokratischen Republik. Die Zeiten, mit dem frischen lecker Bierchen direkt aus dem Gärbecken und die lustigen Nachmittage im Brauereikeller mit Rolf dem Braumeister, waren nun vorbei. Doch mit den neuen, großen Baustellen kamen auch die großen Materiallager, die meist prall gefüllt waren.

Noch war ich Lehrling, was bedeutete, dass ich neben meiner Arbeit, auch die älteren Kollegen mit Arbeitsmaterial versorgen musste. Dadurch hatte ich auch immer den Schlüssel für das Lager und somit ständigen Zutritt zu riesigen Mengen an Fliesen. Diese mussten nun nur noch an die richtigen Stellen verteilt werden.

»Freitag um eins, macht jeder Seins.« So war es auch bei uns Fliesenlegern. Und während sich die Facharbeiter pünktlich um 13.00 Uhr auf ihre Schwarzbaustellen verabschiedeten, machte ich einen letzten Kontrollgang ins Materiallager. Die große Brotdose meiner Mutter diente inzwischen nur noch ausschließlich für Lebensmittel, aber die dunkelblaue Reisetasche war auf dem Kontrollgang durch die Fliesenstapel nicht zu ersetzen und wurde randvoll mit der heiß begehrten Keramikware gepackt.

Das verlief nicht immer ganz ohne Zwischenfälle, so wie zum Beispiel im damaligen Grand Hotel in Berlin (Ost). Hier lagerte das Material auf der gegenüberliegenden Straßenseite der Großbaustelle, welche unter, ich glaube, japanischer oder chinesischer Bauleitung stand. Die Asiaten hatten überall ihre Wachleute mit solchen neu-modernen Walki-Talkis stehen, um den Materialfluss zu überwachen. Es war Freitag um 13.30 Uhr und ich wollte meine, mit Knopfmosaik (im Osten absoluter Goldstaub) voll bepackte Schubkarre vom Baustellengelände schieben, als ich von einem kleinen Chinesen mit großem, blauen Helm gestoppt wurde. »Wo willst du das hinblingen?« Ich versuchte in seiner Sprache zu antworten. »Unsel Mateliallagel ist dolt dlüben auf del andelen Stlaßenseite und wil wollen das Matelial übels Wochenende nicht auf del Baustelle lassen. Wegen del Klauelei und so, du weißt schon.« Das fand der Baustellenwächter sehr verantwortungsvoll von mir und begleitete mich noch über die Straße. Als er dann außer Sichtweite war, surrte der Reißverschluss meiner Kunstlederreisetasche und das gute Mosaik war sichergestellt.

Das Geschäft konnte nicht besser laufen und es kam sogar vor, dass mich meine Kunden am Freitag von der Baustelle abholten und die bestellten Fliesen gleich in dem Kofferraum ihres PKW verschwanden.

Am Samstag und Sonntag versuchte ich dann, meine Privatarbeit, wie wir früher sagten, abzuarbeiten, was zeitlich auf Grund des Auftragsvolumens nicht immer gelang. In diesen Fällen wurde dann mein Hausarzt konsultiert, der mir sofort einen gelben Schein ausfüllte, welcher mir eine schwere Grippe bestätigte. Das war für meinen Arzt des Vertrauens kein Problem, denn auch bei ihm hatte ich schon die Fliesenkelle geschwungen und er fühlte sich dafür verpflichtet. Irgendwann war unsere Zusammenarbeit so effizient geworden, dass ein Anruf genügte und am Abend steckte der Krankenschein mit den benötigten Freitagen, bei mir im Briefkasten. Ich machte mir keine Vorwürfe. Schließlich war ich noch Lehrling und mehr, als auf meinen eigenen Privatbaustellen, konnte ich auf meiner Lehrbaustelle auch nicht lernen.

Vorsicht, ich komme!

Nun bestand meine Lehrzeit natürlich nicht nur aus Arbeit und dem sozialistischen Umlagern von Fliesen. Nein, es gab auch Zeiten zwischen dem Geldverdienen.

Als ich in das Berufsleben startete, war ich 17 Jahre alt und ich war nicht unbedingt der Junge, den man einen Frühstarter, hinsichtlich der schönsten Sache der Welt, nennen konnte. Ihr wisst schon, ich meine Sex. Im Gegenteil, ich war ein Spätzünder, was die Mädels betraf. Meine erste, feste Freundin hatte ich mit sechzehn, doch über Knutschen und Fummeln ging unser Sexleben nicht hinaus. Sie war ein super Mädchen, aber ich stellte mich wahrscheinlich zu doof an, um mehr aus unserer Beziehung rauszuholen. Obwohl, ich muss auch zugeben, dass ich ein bisschen Angst davor hatte, das ganz große Abenteuer auszuprobieren. Schließlich zeigte mir ihr Vater immer sein großes Küchenmesser. Weshalb auch immer? So ging unsere Beziehung dann eines Tages zu Ende und ich war wieder auf dem freien Markt unterwegs.

Ich hatte zwar viel zu tun mit meiner Lehre, den Schwarzbaustellen und der Materialbeschaffung, doch es blieb immer noch genügend Freizeit, um mich mit meinen Kumpels zu treffen. Meistens saßen wir dann auf 1 bis 5 lecker Bierchen zusammen, bevor wir uns anschließend gemeinsam auf den Weg machten, die unendlichen Weiten der Frauenwelt zu erkunden. Es wurden keine Veranstaltungen ausgelassen, und wenn mal nichts los war, organisierten wir eine eigene Party. Auf einer solchen passierte es dann auch irgendwann.

Wir trafen uns bei meinem besten Freund Holli und hatten ein paar Kaltgetränke eingekauft. Fünf Kumpels und drei Mädels waren am Start und wir quetschten uns in das kleine Zimmer im Dachgeschoss des Elternhauses meines Freundes. Es war Sonntagabend und am nächsten Morgen um 5.00 Uhr wollte ich in den Zug nach Magdeburg steigen. Das Bier schmeckte an diesem Tag besonders gut und die Stimmung war ausgelassen. Die Zeit raste und schwups, war es auch schon Mitternacht. Der Gerstensaft war geschafft, und da Holli noch ein Platz auf seinem Sofa hatte, beschloss ich mich noch ein paar Stunden bei ihm aufs Ohr zu hauen. Doch ich war nicht alleine mit dieser Idee, sondern die anderen Kumpels und auch die Mädels blieben in dieser Nacht bei Holli.

Irgendwer machte das Licht aus und es war stockfinster und doch fand jeder einen, mehr oder weniger, bequemen Schlafplatz.

Wie es dann genau dazu kam, weiß ich nicht mehr, aber meine Boxershorts hingen in den Knien und in meinen Händen lagen zwei warme, weiche Brüste. Und dann ging alles ziemlich schnell. Ich habe keine Ahnung, ob ich überhaupt an der richtigen Stelle war, jedenfalls war ich so weit und konnte auch nichts mehr stoppen. Die Frage; »Na, wie war ich?« fiel mir nach diesem erquickendem Moment nicht ein und ersparte mir eine peinliche Antwort.

So wurde in dieser Nacht auch nichts mehr gesprochen und ich konnte noch drei Stunden schlafen, bevor der Wecker meiner Entjungferungsnacht ein unromantisches Ende setzte.

Pünktlich um 5.00 Uhr saß ich dann im Zug nach Magdeburg und dachte über die letzten Stunden nach. Das soll es also sein, um was sich alles auf dieser Erde dreht? Das alte Rein- und Rausspiel. Einen Orgasmus kannte ich natürlich vorher schon, aber das war nun das erste Mal im Zusammenspiel mit einer Frau. War es nun besser, als selbst Hand anzulegen? Ich dachte darüber nach, wann ich eigentlich meinen ersten Sex mit mir hatte.

Es waren die großen Sommerferien. Ich war 14 Jahre jung und bastelte jeden Tag an meinem SR2 (ein Mofa Baujahr 1960), welches ich zerlegt in der Werkstatt meines Vaters entdeckt hatte. »Das kannst du dir zusammenbauen, wenn du willst.« Das ließ ich mir natürlich nicht zweimal sagen und schon bald stand das alte Mofa komplettiert auf unserem Hof. Es war ein fantastischer Moment, als ich in die Pedale des Mofas trat und der Motor tatsächlich blauen Qualm aus dem Auspuff drückte. Fahrrad konnte ich fahren, aber auch Mofa? Sicherheitshalber ließ ich das alte Ding vorerst aufgebockt auf dem Hof stehen, setzte mich auf den harten Plastiksattel und gab einfach nur Gas. Meine Eltern waren nicht zu Hause und so störte das Geknatter niemanden. Der Motor ächzte und das Mofa vibrierte. Dichter Rauch vernebelte mir die Sicht. Der harte Plastiksattel übertrug die gleichmäßig, summenden Vibrationen des 2-Takt-Otto-Motors direkt auf mich und alles, was in meiner Unterhose zu finden war. Dann überkam es mich plötzlich und es war vollbracht. Ich hatte meinen ersten ..., wie nennt man Sex mit Fortbewegungsmitteln eigentlich?. Okay, es war mein Moped, welches mir diese Glücksgefühle bescherte, aber was zählt, ist der Moment.

Es stellte sich weiter heraus, dass das Mofa einen entscheidenden Vorteil gegenüber einer Freundin hatte. Es stand mir zur Verfügung, wann immer ich wollte und so war es auch nicht das letzte Mal, dass mein Zweitakter mit Vollgas, aufgebockt auf unserem Hof stand.

In diese Erinnerungen versunken, schaute ich aus dem Fenster des Eisenbahnabteils und musste schmunzeln. Dann holte ich meine große Brotdose aus meiner dunkelblauen Kunstlederreisetasche und genoss Mutti´s Frühstücksbrote.

An diesem Morgen fuhr ich also als Mann in den Hauptbahnhof von Magdeburg ein. Ich wusste, dass ich noch eine Menge lernen musste, und nahm mir vor, meine Sexualpraktiken zu verfeinern. Nicht mehr ganz so schnell sollte es gehen. Außerdem wollte ich, beim nächsten Sex mit einer Frau schauen, wer da überhaupt mit mir rummacht.

Doch an diesem Tage war ich mit mir und der Welt zufrieden und stürzte mich an die Arbeit.

Die Geschichte mit dem ersten Mal wäre an dieser Stelle eigentlich zu Ende, aber mein bestes Stück wollte noch ein Nachspiel und machte mir etwas Beschwerden. Ein ständiges, leichtes Brennen ließ mich nicht zur Ruhe kommen und die Arbeit fiel mir schwer. Ich hatte schon so einiges von Geschlechtskrankheiten gehört, aber musste es ausgerechnet mich erwischen? Und das auch noch gleich beim ersten Mal? Den Gedanken an meinen Hausarzt verwarf ich sofort wieder, denn ich glaubte, wirklich krank zu sein. Dann fiel mir der Betriebsarzt ein. Der hatte seine Praxis in Magdeburg und war nicht weit weg. Außerdem könnte ich diesen auch nach Feierabend aufsuchen und so die peinliche Fragerei von meinen Kollegen umgehen. Die wären bestimmt neugierig gewesen, wenn ich während der Arbeitszeit einen Arzt besucht hätte.

Um 17.30 Uhr saß ich dann im Warteraum des Doktors und blätterte in der drei Tage alten Tageszeitung. Vor mir waren noch zwei ältere Männer an der Reihe und ich schien der letzte Patient an diesem Tag zu sein. Dann kam mein Auftritt und über der Tür des Arztes leuchtete das Schild »Der Nächste bitte«.

Ich trat ein und mein erster Gedanke war: Manchmal ist das Leben einfach gemein.

Ich dachte bei Betriebsarzt an einen älteren, erfahrenen Doktor, mit dem man über alles reden kann. Doch falsch gedacht, denn im Behandlungszimmer empfängt mich eine Frau. Schlimmer noch. Sie war geschätzte knackige 30 Jahre jung und mit fantastischen, fraulichen Rundungen ausgestattet, die genau an den richtigen Stellen saßen. Sie hatte einen weißen, eng anliegenden Kittel an, der so eng saß, das man ihren schmalen Slip durchblitzen sah. Und dazu war sie auch noch ausgesprochen hübsch.

Mit einem verzaubernden Lächeln, welches ein Stück weiter höher, als ihr erregendes, prall gefülltes Dekolletee strahlte, fragte sie mich nach meinen Beschwerden.

Am liebsten wäre ich im Erdboden versunken, oder einfach wieder verschwunden. Aber nun saß ich hier wie angeklebt.

Ich stammelte irgendetwas von »Brennen, Entzündung, erstes Mal« und werde, glücklicherweise, von ihr unterbrochen. »Dann zeig doch mal her, das gute Stück.« Ein dicker Kloß rutscht mir gaaaaaaanz langsam den Hals herunter. Weiß die Frau, was in dem Kopf eines Mannes vorgeht, wenn vor ihm so eine heiße Ärztin sitzt?

Jetzt gab es kein Zurück mehr und ich musste meine Hose herunter lassen.

Ich versuchte meine Gedanken in Richtungen zu lenken, die nichts mit Sex zu tun haben. Ich dachte an gekochte Spaghetti, an Fußball, an Autos, wobei ich dabei sofort wieder bei meinem Mofa landete, an Physikunterricht und sogar an meine ehemalige Deutschlehrerin. Doch es nützte alles nichts, mein bestes Stück bekam ich einfach nicht unter Kontrolle.

Jetzt stülpte sich die Ärztin sanft ein paar Gummihandschuhe über, nahm die Sache in die Hand und schaute sich alles genau an.

Am Morgen hatte ich das erste Mal in meinem Leben echten sexuellen Kontakt mit einer Frau. Sollte ein paar Stunden später etwa gleich das nächste Abenteuer folgen?

Doch da war wohl der Wunsch, der Vater des Gedankens, denn nach kurzer Inspektion meines Getriebes durch meine Betriebsärztin, kam diese auch schon zu einer Diagnose. »Es ist nicht weiter schlimm. Durch das erste Mal ist nur alles etwas gereizt und wund.«

Mit einem verschmitzten Lächeln schaute sie mich an. »Du kannst dich wieder anziehen.«

Einerseits war ich froh über diese Worte, andererseits hatte sie jetzt sowieso schon alles gesehen und da hätten wir doch eigentlich ..., aber egal.

Ich packte alles wieder ein und schloss den Reißverschluss, was nicht ganz leicht war. Dann verschrieb mir meine sexy Ärztin noch eine Salbe und entließ mich mit meinen Fantasien in den kalten Herbstabend.

Eine Woche später war alles wieder in bester Ordnung und neben meiner Fliesenlegerlehre konnte ich auch meine Lehre bei den Frauen fortsetzen.

Die Zeit rannte und Woche für Woche lernte ich dazu. Beim Fliesenlegen, wie auch bei den Frauen. Ich arbeitete 10 bis 12 Stunden am Tag und an den Wochenenden kamen die Nächte noch dazu. Freizeit war knapp, aber ich genoss diese in vollen Zügen. Es war eine fantastische Zeit, und auch wenn meine Lehrjahre vielleicht keine Herrenjahre waren, so erinnere ich mich gerne an sie zurück.

Jippi, ich habe einen Beruf

Er war endlich da. Der große Tag, als man uns Lehrlingen den langersehnten Facharbeiterbrief in die Hände drückte. Ab sofort durfte ich mich offiziell Fliesen,- Platten- und Mosaikleger nennen. Mein privater Auftragskalender war gut gefüllt und neben diesen Einkünften sollte sich nun auch etwas auf meinem offiziellen Lohnstreifen ändern.

Ich wurde von meinem Ausbildungsbetrieb übernommen und bekam meine Baustellen zugeteilt. Meine Kollegen und ich arbeiteten leistungsbezogen und da die Baustellen fern ab meines Wohnortes lagen, bekam ich zusätzlich zum Lohn eine tägliche Auslöse von 25,- Mark.

Ich war gespannt wie ein Flitzebogen, als ich mein erstes Geld als Facharbeiter erhielt. Meinen Eltern hatte ich versprochen, dass wir diesen ersten Monatslohn auf den Kopf hauen werden und es richtig krachen lassen. Doch dann schaute ich auf meinen Lohnzettel. Das werden wir wohl nicht schaffen, dachte ich noch so bei mir, als ich zum dritten Mal die Auszahlungssumme las. 1750,- Mark. Das können wir unmöglich ausgeben, auch wenn ich meine Eltern in das teuerste Lokal unserer Stadt einlade und den edelsten Wein auf tafeln lasse.

Egal, wir machten die versprochene Sause und diese wurde unvergesslich, mit einem leckeren Essen und einigen Flaschen süffigem Portwein. Und dass der Abend gelungen war, konnte jeder in unserem kleinen Dorf, 3 Kilometer von Salzwedel entfernt gelegen, an dem folgenden Morgen sehen. Unser Auto stand etwas komisch, in der Nähe des Dorfteiches eingeparkt, genauer gesagt, im Straßengraben. Glücklicherweise gab es die LPG in Reichweite, welche einen Trecker hatte. Ein paar kurze Worte mit dem Brigadier und unser geliebter Wartburg wurde wieder auf die richtige Spur gebracht.

In den folgenden Monaten arbeitete ich mit Rocki zusammen. Rocki war ein Jahr älter als ich und somit schon fast ein alter Hase auf der Baustelle. Wir verstanden uns auch gleich super, denn wir waren beide Leckerbierchenfans. Und auch wenn wir nach der Arbeit nicht viel miteinander redeten, so leerten wir doch die eine oder andere Kiste Bier gemeinsam.

Natürlich hatte auch Rocki, neben der geregelten, offiziellen Arbeit, seine

Privatbaustellen und so kam es dann oft vor, dass wir größere Projekte gemeinsam angingen und eben auch an den Wochenenden zusammen die Fliesenkelle schwangen. In meinen Materialhandel jedoch weihte ich ihn nicht ein. Schließlich wollte ich ihn nicht zu illegalen Tätigkeiten verführen.

Rocki hatte seine eigenen Wege der Materialbeschaffung und im Gegensatz zu mir, verriet er mir diese auch bald. Er kannte eine Adresse in Berlin, wo jeden Dienstag offiziell Fliesen verkauft wurden. Nun könnte man denken: »Oh offizieller Fliesenverkauf ist doch nichts Besonderes.« Doch, in der damaligen DDR war das etwas Besonderes, denn die begehrte Keramikware gab es für den Privathaushalt eigentlich nur nach langer Vorbestellung, mit Beziehungen oder mit viel Glück.

Dass mir Rocki seinen geheimen Fliesenhändler verriet, war aber nicht ganz uneigennützig. Ein paar Tage zuvor, erwischte man ihn nämlich vor seiner Haustür, als er sturzbetrunken auf der davor befindlichen Treppe saß, die er hoch gefallen war und nun tief und fest schlummerte. Bis dahin alles kein Problem, aber die Polizei kam zufällig vorbei und wunderte sich über die offene Autotür und den laufenden Motor. Hm, dumm gelaufen, Fleppen weg und drei Jahre Fahrverbot.

Und da kam ich ins Spiel. Ich hatte mir inzwischen ein Auto angeschafft, oder besser gesagt, einen Trabant 601 Deluxe, Baujahr 1968, also genau so alt wie ich. Und dieser Trabant war der Grund, weshalb Rocki mir seine Fliesenquelle preisgab. Schließlich musste er jetzt nicht mehr Mutti fragen, wenn er ein Transportfahrzeug brauchte, sondern fragte von nun an mich.

So kam es, dass ich das erste Mal in meinem Leben ganz legal Fliesen kaufen ging. Natürlich war die Menge begrenzt und jede Person konnte nur 18 Quadratmeter kaufen, aber dafür hatte ich ein sicheres Gefühl beim Bepacken des Kofferraumes und die dunkelblaue Reisetasche brauchte ich auch nicht. Der »Fliesenshop« öffnete morgens um 9.00 Uhr. Wir saßen, bewaffnet mit Campingstühlen und Tisch, pünktlich um 5.00 Uhr vor der Ladentür und konnten so sicher sein, dass wir die ersten Kunden sind und nicht nur Fliesen bekommen, sondern vielleicht auch noch die Farbe der Fliesen aussuchen können.

Der offizielle Preis für einen Quadratmeter betrug einheitlich immer 16,- Mark. Verstaut im Kofferraum erhöhte sich der Wert schlagartig auf 88,- Mark pro Quadratmeter. Das war die Handelsspanne, welche uns die Mangelwirtschaft des Sozialismus ermöglichte und Abnehmer hatten wir zur Genüge. 1300,- Mark, jeden Dienstag, das war eine Summe, mit der ich mehr als zufrieden war.

Wir kamen gerade von einem unserer Flieseneinkäufe zurück, als der Bürgermeister von Rocki´s Gemeinde ihn fragte, ob er nicht den Gehweg im Dorf mit Betonplatten belegen könnte. Rocki besprach die Sache kurz mit mir und wir nahmen den Auftrag an. Zu unseren Konditionen versteht sich. Ich hatte in der Zwischenzeit den Stundenlohn meiner Schwarzbaustellen von anfänglich 5,-Mark auf 10,-Mark erhöht, aber Rocki legte noch ein wenig drauf. Er handelte beim Bürgermeister einen Stundenlohn von 20,-Mark aus. Dazu gab es freie Verpflegung in der Dorfschänke und einen HonK konnten wir auch noch für uns einspannen. Zur Erklärung sei gesagt, dass HonK die Abkürzung für »Handlanger ohne nennenswerte Kenntnisse« ist. Die Rahmenbedingungen waren also klar. Der Gehweg war mit einer Länge von zweihundert Metern und neunzig Zentimeter Breite kein Mörderprojekt, und sollte eigentlich an drei

Wochenenden abgearbeitet sein. Wenn, - ja wenn, da nicht die Vollverpflegung gewesen wäre.

Es war ein vernieselter Samstag, als wir das Projekt Gehweg angehen wollten. Die Uhr zeigte 7.00 Uhr und der Betonmischer fing an, sich zu drehen. Unser HonK hieß Mumme und arbeitete eigentlich in der ortsansässigen LPG. Mumme hatte sich nun überlegt, obwohl Überlegen eigentlich nicht seine Stärke war, dass er doch den kleinen Radlader vom LPG-Hof zum Transport des Mörtels mitbringen könnte. Rocki sah dies als gute Idee an und meinte, dass wir dadurch jede Menge Zeit sparen. Meinem Argument, dass wir nach Stunden bezahlt werden und es uns doch egal sein kann, wie lange wir brauchen, entgegnete er mit einem Schmunzeln. »Kay komm, lass uns das bei einem lecker Bierchen bereden. Schließlich haben wir ja nun Zeit eingespart, die wir besser nutzen können.« Jetzt verstand ich die ganze Sache.

Wir hatten schon einige Mischer voll angemischt, die nun darauf warteten, mit dem Radlader an ihren Bestimmungsort gefahren zu werden. Doch nicht der Mörtel wurde transportiert, sondern Rocki, Mumme und ich hatten erst einmal auf dem Radlader Platz genommen und fuhren vor die Tür des Wirtshauses. Die Dorfkneipe war nicht weit von unserem Projekt entfernt. Es war 8.00 Uhr morgens und ich wunderte mich, dass schon Licht in der kalten, kahlen Gaststube brannte. Die Wirtin begrüßte uns freundlich und zapfte schnell mit einer selbstverständlichen Selbstverständlichkeit, welche sofort Begeisterung in mir hervorrief, drei Helle für uns. »Na denn Prost. Ihr kommt spät. Das Frühstück ist auch schon vorbereitet.«

Ich war verblüfft, von der tollen Organisation des Bürgermeisters. »Unseren Handwerkern soll es doch gut gehen.« Nachdem ein überdimensionales Bauernfrühstück in unseren Mägen verschwunden war, folgte noch ein Verdauerli und ein paar Helle. Die Uhr zeigte jetzt schon 10.30 Uhr und wir wischten uns den letzten Schaum von den Lippen.

Wieder am vermeintlichen Arbeitsplatz angekommen, stellten wir fest, dass der angemischte Mörtel vom Morgen, schon etwas hart war und nicht mehr so geeignet schien, um damit Platten zu verlegen. Jetzt kam der Radlader zum Einsatz, denn kurz entschlossen fuhr Mumme die verreckte Mischung auf den nahe gelegenen LPG-Hof und verfüllte damit ein paar große Schlaglöcher. Muss ja auch mal gemacht werden.

Auch wenn wir an unserem Projekt noch kein Stück vorangekommen waren, konnten wir sagen, dass wir doch schon etwas geschafft hatten.

Der Nieselregen verwandelte sich langsam in starken Dauerregen. Der Radlader setzte sich wieder in Bewegung und peilte erneut die Dorfschänke an, in der die Wirtin schon mit einem deftigen Mittagessen auf uns wartete. Wir hatten noch gar nicht richtig an unserem Tisch Platz genommen, da standen auch schon drei lecker Bierchen vor unseren Nasen.

Der Bürgermeister trat durch die Tür und gesellte sich zu uns. »Schön, dass ihr da seid. Ich hoffe, ihr werdet gut verpflegt.«

Ich erwartete eigentlich, dass der Bürgermeister fragt, wie wir vorankommen. Doch stattdessen lud er uns erneut auf ein Helles ein und bestellte dazu vier Kurze.

Und das waren längst nicht die letzten Getränke an diesem Tag, denn der Dorfschulze war so glücklich darüber, dass wir tatsächlich schon angefangen hatten, und spendierte eine Runde nach der anderen.

Irgendwie nahm dieser Tag einen komplett anderen Verlauf, als ich erwartet hatte, und am Ende konnte ich nicht einmal mehr nach Hause fahren. Mein Auto blieb stehen und ich nächtigte bei Rocki, der ja nicht weit vom Wirtshaus wohnte. »Morgen hauen wir aber so richtig ran.«, sagte ich zu Rocki. »Wieso, heute war doch auch schon anstrengend. Jedenfalls bin ich fix und fertig.«

Der folgende Sonntag begann vielversprechend. Der Regen hatte sich verzogen und sogar die Sonne lugte ab und zu durch die Wolken. Schnell waren die ersten Mörtelmischungen angemischt und auch schon die ersten Platten verlegt. Bis zur Frühstückspause war sogar schon zu erkennen, was wir eigentlich vorhatten.

Im Wirtshaus wurden wir dann schon sehnsüchtig erwartet und die Wirtin hatte eine deftige Gulaschsuppe für uns gekocht. Da die Suppe scharf, also sehr scharf war, mussten natürlich ein paar Helle die Schärfe neutralisieren. Und dann waren wir auch schon wieder an diesem Punkt, an dem man sich entscheiden muss. Nehmen wir noch ein lecker Bierchen oder schleichen wir uns wieder an die Arbeit?

Wir entschlossen uns, wer ahnt es nicht längst, für den leckeren Gerstensaft. Schließlich lagen wir, unseres Erachtens nach, schon gut im Rennen und außerdem war Sonntag.

Gegen Mittag dann eine unerwartete Wende, des, eigentlich mit einem Häkchen versehenen, Sonntags. Ich verwies darauf, dass ich ab nun nichts mehr trinken kann, da ich ja noch Auto fahren müsse. »Na denn können wir doch auch noch ein wenig schuften gehen« fügte Mumme hinzu. So verließen wir tatsächlich gegen 14.00 Uhr das Wirtshaus, stiegen auf den Radlader und hantierten kurze Zeit später wieder auf unserer Baustelle.

Aus den vorher geplanten drei Wochenenden für unser Projekt Gehweg, wurden dann am Ende 12 Wochenenden. Der Bürgermeister war trotzdem stolz auf uns und spuckte zum Schluss sogar noch eine kleine Prämie aus. Es wurde sogar ein kleines Straßenfest organisiert, auf dem wir wie Helden gefeiert wurden. Ich holte mir ein letztes lecker Bierchen aus der Dorfschenke und schlenderte den fertigen Gehweg entlang. Dabei musste ich feststellen, dass die Gemeinde allen Grund hatte, ihren Gehweg zu feiern. Der Gehweg war nicht nur ein einfacher Gehweg geworden, sondern ein kleines Kunstobjekt. Verschiedene Bögen, sanfte, gleichmäßige Wellen und außergewöhnliche

Winkel stellten eine Augenweide dar, auch wenn es nicht unbedingt gewollt war. Doch durch das gelungene Zusammenspiel von fachlichem Wissen, einem oder mehreren gut gezapften lecker Bierchen und dem festen Willen, auch mit ein paar Promille im Blut noch die Fliesenkelle zu schwingen, ließen einen Gehweg entstehen, der gewiss einmalig in der Republik war.

Das Ende des Einsiedlerlebens

Ich war inzwischen 19 Jahre alt und wohnte an den Wochenenden immer noch bei meinen Eltern. Das war bequem, zwecks Wäsche waschen und warmen Essen und das kleine Zimmer im Dachgeschoss meines Elternhauses reichte mir völlig aus. Jeden Montagmorgen verabschiedete ich mich von Mutter und Vater und fuhr auf meine Baustellen, die in der ganzen DDR verteilt waren. Ich schlief in den verschiedensten Betten, an den unterschiedlichsten Orten, welche ich durch unseren Betrieb zugewiesen bekam. Mal war es ein kleines Hotel, mal eine private Pension und mal war es eine heruntergekommene Bauarbeiterbaracke. Am Feierabend saß ich mit den Kollegen zusammen und meistens spielten wir Skat oder Knack und tranken ein paar lecker Bierchen. Den Altgesellen reichte oft das Feierabendbier nicht aus und so gönnten sie sich die eine oder andere, gut zimmer temperierte Flasche Goldbrand, natürlich direkt aus dem Flaschenhals in den Bauarbeiterhals. Da wir am Tag oft über 12

Stunden arbeiteten, waren die Arbeitswochen meist verkürzt und gingen von Montag bis Donnerstag. Das passte mir gut in den Kram, denn so hatte ich drei volle Tage Zeit, mich um meine Privatbaustellen zu kümmern.

Aber das Leben bestand ja nicht nur aus Arbeit.

Es war zum Tag der Republik am 7.Oktober, als ich mit Rocki auf die geniale Idee kam, einen Kurztrip nach Budapest zu machen. Zu dieser Zeit arbeiteten wir an einem Fußboden in einer großen Kaufhalle in Berlin Marzahn. Ein paar lecker Bierchen waren Schuld an dem Plan, das bevorstehende, bedingt durch den Feiertag, 3 Tage lange Wochenende, in Ungarn zu verbringen. Am selben Abend standen wir also am Berliner Flughafen Schönefeld und erkundigten uns nach einem Flug. Eigentlich erwartete keiner von uns, dass wir so kurzfristig noch nach Ungarn fliegen können, doch die nette Interflugmitarbeiterin lächelte uns an und schrieb etwas in eine große Liste.

Rocki und ich waren zu zweit, aber Rocki wollte nicht ohne seinen besten Kumpel Mumme fliegen. So buchte die hübsche Flughafenfee für uns drei Plätze auf dem nächsten Flieger nach Budapest.

Das ging alles unkomplizierter als gedacht. Wir mussten 24 Stunden später lediglich unser Visum vorlegen und erhielten unsere Tickets für den folgenden Tag. Einen kleinen Haken hatte die Sache allerdings. Es gab keinen passenden Rückflug und so planten wir den Rückweg mit der Bahn, welcher zwei Tage dauern sollte.

Donnerstagabend landeten wir dann in Budapest und hatten den ganzen Freitag Zeit uns die Stadt anzuschauen. Doch es ging uns nicht unbedingt um die Sehenswürdigkeiten der Stadt, sondern für uns hatte das Shoppen eine höhere Priorität. Ungarn war, im Gegensatz zur DDR, offener im Umgang mit westlichen Konsumgütern und so konnten wir hier Sachen kaufen, die wir zu Hause nicht bekamen. Dabei begrenzte nur der eingeschränkte Devisenumtausch unseren Kaufwahn. Mit vollen Koffern und Rucksäcken stiegen wir dann am Samstagmorgen wieder in den Zug und traten den Heimweg in die Republik an.

Trotz vollen Einkaufstüten waren ein paar Forint noch übrig, welche sofort in den Reiseproviant, ein paar Büchsen lecker Bierchen, investiert wurden.

Ich war stolz auf meinen Einkauf und die neuen Errungenschaften, ein paar Jeanshosen, coole Turnschuhe und jede Menge T-Shirts. Außerdem hatte ich mir einen Pullover gekauft, der mit den Schriftzügen und dem Logo eines großen bayrischen Automobilkonzerns, warb. Auch wenn es mir nur vergönnt war, mit meinem Trabi durch die Lande zu stuckeln, so konnte ich doch wenigstens einen Pulli mit dem Namen meines Traumautos tragen.

Und mit genau diesem Pulli war ich dann ein paar Tage später unterwegs.

Meine Kumpels und ich befanden uns auf einer unserer Partytouren und landeten zu später Stunde bei einer kleinen Geburtstagsfeier eines Bekannten, des Bekannten eines Freundes meines Kumpels oder so ähnlich.

Da entdeckte ich sie. Zwei wunderschöne himmelblaue Augen, wie ich sie zuvor noch nie gesehen hatte. Diese Augen blickten suchend durch den schummrigen Abend und ich wusste, dass ich helfen musste. Ich nahm all meinen Mut zusammen, sprach die hübsche Blondine einfach an und fragte, was sie sucht.

»Meinen Fahrer, ich muss nach Hause. Meine Mutter wartet.«

Ich bot ihr an, dass ich sie doch nach Hause fahren könnte, aber sie lehnte freundlich ab. »Er wird gleich kommen, ... trotzdem - Danke!«

Das ging dann wohl schief, dachte ich und so trennte ich mich wieder von der süßen Maus und mischte mich unter die Geburtstagsgäste.

Es dauerte nicht lange und jemand stupste mir von hinten auf die Schulter. Da stand sie wieder, mit ihren funkelnden, blauen Augen und fragte mich, ob sie doch auf mein Angebot zurückkommen könnte, denn ihr Fahrer hätte sie versetzt.

Mein erster Gedanke war, dass ihr wohl mein Pulli gefallen hatte und sie nun vielleicht darauf hoffte, dass ich mit einem BMW vorfahre.

Ich trennte mich schweren Herzens von meinem fast vollen Glas Bier und bat den blonden Engel kurz zu warten.

Ich ging in die Büsche und suchte nach meinem Fahrrad. Als ich mit diesem dann bei ihr vorfuhr, blickten sie mich verdutzt an.

»Ein Damenfahrrad? Ich dachte, du hättest ein Moped. Aber egal, besser als zu Fuß und zu spät zu Hause.«

Das hübsche Fräulein bekam von mir den Platz auf dem Gepäckträger zugewiesen.

Dieser war recht bequem, hatte aber den Nachteil, dass derjenige der darauf saß auch die Pedalen bedienen musste und ich hörte wie sie leise mit den Zähnen knirschte.

Es war eine lustige Fahrt und wir quatschten und lachten viel. Nach einer halben Stunde waren wir dann an ihrer Wohnungstür und ich hörte die Mutter rufen.

»Mäuschen bist du das?«

Zum Abschied gab es ein Dankeschön, einen kurzen Kuss auf die Wange und weg war sie.

Und da stand ich dann. Alleine in der Dunkelheit mit meinem Damenfahrrad. Mit einem breiten Grinsen machte ich mich auf den Weg nach Hause, wobei ich jetzt selbst in die Pedale treten musste.

Unterwegs fiel mir auf, dass der Name, den das süße Ding mir verriet, sehr ungewöhnlich war. »HELMUT«, eigentlich doch ein Männername, oder? Egal, ich war irgendwie glücklich und radelte gemütlich durch die laue Oktobernacht und ich glaube ich war verliebt.

Manche Ereignisse hinterlassen im Leben deutliche Spuren. So auch der beschriebene Abend. Ich dachte jeden Tag an die strahlenden blauen Augen und es dauerte vier Wochen, bis ich meine neue

Fahrradbekanntschaft wieder traf. Dieses Mal hatten wir etwas mehr Zeit, uns zu unterhalten und wir versäumten es auch nicht, uns wieder zu verabreden.

Mein Kumpel Rocki war nach jedem Wochenende neugierig, ob wir denn nun zusammen wären. Ich sagte dann immer:

»Rocki, sie ist er 15 Jahre alt und ich bin 19. Das wird der Jugendrichter nicht für gut heißen. Außerdem hat sie einen festen Freund.«

Die folgenden Wochen vergingen wie im Fluge und »Helmut« und ich, trafen uns, wann immer es passte. Ich hatte mich schon so an den Namen Helmut gewöhnt, dass es für mich ein ganz normaler Frauenname war. Ausgerechnet meine Mutter war es dann, die mir den richtigen Namen von ihr verriet. Denn sie verlor ihren Ausweis bei mir zu Hause auf dem Hof, als sie aus dem Kofferraum meines Autos stieg, in dem ich sie immer verstaute, um sie in das damalige Grenzgebiet der DDR zu schleusen, in dem ich wohnte.Meine Mutter kam am frühen Vormittag neugierig an mein Bett.

» Sag mal, wer ist eigentlich Angelika?«
»Gute Frage, sag Du es mir!«

Da zeigte mir meine Mutter den Ausweis. »Ach das, das ist Helmut«

Es wächst zusammen, was zusammen gehört und bald mussten „Helmut" und ich feststellen, dass wir schon irgendwie ein Paar waren. Immer noch war ich von Montag bis Donnerstag auswärts auf den Baustellen unterwegs und so war unsere Beziehung nur eine Wochenendbeziehung. Das war aber nicht das, was wir uns vorstellten und ich bewarb mich in meiner Heimatstadt bei der dort ansässigen PGH (Produktionsgenossenschaft des Handwerks) als Fliesenleger. Ich bekam prompt eine Zusage und am 2.Januar erschien ich, wie vereinbart, in meinem neuen Betrieb.

Von nun an sollte sich einiges ändern. Jeden Abend zu Hause, neues Arbeitsumfeld, neue Kollegen, Zeit für Schwarzarbeit nach Feierabend und das wichtigste; Zeit für »Helmut«

Der real existierende Sozialismus

In meinem alten Betrieb begann der Arbeitstag um 6.00 Uhr morgens. Jetzt saß ich im Frühstücksraum meines neuen Arbeitgebers und die Uhr zeigte 6.55 Uhr. Ich war zu um 7.00 Uhr bestellt und wartete nun, dass mir jemand sagt, was zu tun ist. 7.10 Uhr huscht der Chef des Hauses an der offen stehenden Tür zum Pausenraum vorbei und winkt mir mit seinem Schirm zu. »Ich bin gleich für dich da.«

Gegen 7.30 Uhr kommt Leben in den kleinen Handwerksbetrieb, welcher Ofensetzer und Fliesenleger beschäftigte. Auf dem Betriebshof wurde »der Multicar« beladen. Der Himmel war grau und leichter Schneefall erinnerte mich daran, dass es Winter war. Ich beobachtete, wie sich ein paar Kollegen amüsiert unterhielten. Es war der 2.Januar und somit der erste Arbeitstag im neuen Jahr. Dann peitschte ein beigefarbener Trabi auf den Betriebshof. Dahinter folgte gleich ein Quittegrüner, bei dem die Farbe im dichten Rauch schnell vergilbte. Im Nebenzimmer hörte ich, wie jemand in den Raum rief: »Die Fliesenleger sind da.«

Dann erschien mein neuer Chef bei mir.

»Guten Morgen Kay. Du kannst gleich bei Benni mitfahren. Er wird dich dann über alles aufklären.«

Benni schaute in den Frühstücksraum.

»Ah, du bist der Neue. Na dann komm mal mit.« Kurze Zeit später saßen wir in seinem Trabant Kombi und verließen den Hof der PGH. Auch wenn ich selbst Trabantfahrer war, wusste ich bis zu diesem Zeitpunkt nicht, was man aus einem Zweitaktottomotor und 26 PS so alles rausholen kann. Quietschende Reifen - trotz Schneematsch, von null auf hundert in gefühlt ganz kurzer Zeit und Überholmanöver bei 90 Kilometer pro Stunde. Benni hatte seinen Schlitten voll im Griff und trotzdem hatte ich das erste Mal, bedingt durch den rasanten Fahrstil, ein wenig weiche Knie in einem Trabant.

Unsere Baustelle lag 20 Kilometer vom Betrieb entfernt. Benni erklärte mir, dass wir jeden gefahrenen Kilometer am Monatsende bezahlt bekommen. Nach 30 Minuten bogen wir durch die Toreinfahrt eines kleinen Bauernhofs.

Ein furchteinflößender, kläffender, angeketteter Schäferhundmischling versperrte uns den Weg zum Haus. Benni holte ein belegtes Brötchen aus seiner Jacke und warf dieses dem Hund zu. In diesem Moment kam auch schon der Hausherr und sperrte den Torhüter in den Zwinger.

»Kommt rein, Jungs! Kaffee ist gleich fertig.«

Benni zeigte mir, was wir zu tun hatten. Das Bad, sowie die Wasch- und Futterküche, sollten gefliest werden. Mein neuer Kollege hatte schon vor Weihnachten mit der Arbeit angefangen und so klebten im Badezimmer schon ein paar Fliesen an der Wand.

Während ich in meinem alten Betrieb mehr auf Großbaustellen wie Krankenhäuser, Molkereien oder Hotels arbeitete, sollten von nun an kleine Baustellen, wie Eigenheime, Bäder oder Küchen auf mich zu kommen.

Für mich war die Aufgabenstellung klar, und nachdem ich wusste, wo ich das Material finde, wollte ich auch gleich loslegen, aber Benni bremste mich.

»Kay, erst trinken wir mal Kaffee und frühstücken in Ruhe. Dann schauen wir, was die Uhr sagt, denn um 13.00 Uhr muss ich wieder zu Hause sein. Die Skispringer würden nämlich auch ohne mich anfangen.«

Ein bisschen verdattert setzte ich mich also mit an den Frühstückstisch, obwohl ich innerlich völlig zappelig war. Ich war gewohnt, von 6.00 bis 18.00 Uhr richtig ran zu klotzen. Schließlich sollte am Monatsende auch etwas auf dem Lohnzettel zu sehen sein. Doch ab diesem Tag änderte sich alles und ich sollte lernen, dass die Zahl auf dem Lohnzettel überhaupt keine Bedeutung hatte.

Die Frühstückspause zog sich dann auch etwas in die Länge. Ich lauschte gespannt dem Gespräch zwischen Benni und dem Hausherrn, in dem es um alles ging, nur nicht ums Fliesenlegen. Gegen 11.00 Uhr hatten die Beiden dann all ihre Worte aufgebraucht und ich dachte schon, wir verlegen noch ein paar Fliesen. Doch Benni verschwendete überhaupt keinen Gedanken an die Arbeit und verabschiedete sich vom Kunden. Ich wunderte mich, dass dieser das einfach so akzeptierte. Schließlich waren wir eigentlich zum Fliesenlegen gekommen und nicht zum Frühstücken oder Quatschen. Doch damals im Osten war eben nicht der Kunde König, sondern der Handwerker.

Auf dem Nachhauseweg versuchte mich Benni zu beruhigen.

»Mach dir keine Sorgen. Du wirst am Monatsende schon dein Geld verdient haben. Was auf dem Lohnstreifen steht, ist irrelevant.«

Ich glaubte ihm das einfach mal und der Anzug des Trabis drückte mich in die Sitzlehne und pünktlich zum ersten Sprung der Vier-Schanzen-Tournee saßen wir bei Benni auf dem Sofa.

Am nächsten Morgen sausten wir wieder auf die Baustelle, wobei klar war, dass gegen 12.00 Uhr erneut Feierabend sein wird, denn die Vier-Schanzen-Tournee war noch nicht vorbei. An diesem Tag waren wir sogar schon um 7.30 Uhr am Arbeitsplatz, da wir vorher nicht auf den Betriebshof mussten. Als wir auf das Gehöft fuhren, zog der Schäferhundmischling ängstlich seinen Schwanz ein und kroch in seine Hütte. Der Weg war frei und wir spazierten unangebellt ins Haus.

»Was ist denn mit dem Hund los?«, fragte uns der Hausherr, als er sah, dass uns dieser einfach passieren ließ. Benni verriet mir später, dass das Brötchen von gestern mit mehr Pfeffer, als Butter und Wurst belegt war.

»Der Hund wird uns bestimmt nicht mehr anknurren.«

An diesem Morgen schafften wir es sogar, ein paar Fliesen vor dem Frühstück zu verlegen und auch nach der Frühstückspause nutzten wir noch 30 Minuten, um den Kunden glücklich zu machen.

Ich war eigentlich überhaupt nicht interessiert am Skispringen, aber bei Benni gab es zum Sportprogramm immer ein lecker Bierchen. Und das war natürlich besser als arbeiten und so fügte ich mich widerstandslos am Nachmittag meinem Skiflugschicksal.

Nach meiner ersten »Arbeitswoche« im neuen Betrieb war dann das Skiturnier vorbei und ich dachte, dass wir nun richtig ran klotzen werden. Naja, das taten wir dann auch, aber irgendwie anders.

Morgens fuhren wir auf unsere offizielle Baustelle, den kleinen Bauernhof und legten dort mehr oder weniger ein paar Fliesen. Mittags jedoch, war dann dort wieder Schluss. Dieses Mal aber nicht etwa wegen Skispringen.

»Kay, pack dein Werkzeug zusammen, wir fahren zum Geld verdienen.«

Benni´s Trabi dampfte mit uns vom Hof und kurze Zeit später bremsten wir vor einem neu gebauten Eigenheim.

»Bist du mit 12,50 Mark Stundenlohn einverstanden?«

Ich schaute Benni fragend an?

»Wie? Jetzt schon Privatarbeit? Es ist gerade mal 12.30 Uhr. Und was sagt der Chef dazu?«

Benni lachte.

»Ich dachte, du wolltest Geld verdienen. Das können wir über den Betrieb bestimmt nicht, und wenn wir wenigstens einmal am Tag auf unserer offiziellen Baustelle vorbeischauen, ist der Chef auch zufrieden.«

»Na klar, mit 12,50 Mark pro Stunde kann ich gut leben.«

Ab diesem Tag wusste ich, was Benni damit meinte, dass der Lohnzettel nebensächlich ist.

Benni und ich wurden Freunde und von Montag bis Freitag arbeitete ich mit ihm zusammen. Morgens am offiziellen Arbeitsplatz, nachmittags auf der Schwarzbaustelle, wobei auf dieser wirklich hart gearbeitet wurde und oft erst gegen 22.00 Uhr der Hammer fiel. Dadurch bedingt wäre es auch gar nicht möglich gewesen, mehr für den Betrieb zu tun, denn irgendwann braucht der Körper ja auch mal ein wenig Ruhe. Und die beste Zeit dafür war eben die Zeit zwischen 7.00 Uhr und 12.00 Uhr.

Es gab aber auch Tage, an denen wir schon am Vormittag Geld verdienten. Nein, nicht mit Fliesenlegen, sondern mit Karten spielen. Immer wenn wir mit anderen Handwerkern zusammen waren, gab es unter diesen mindestens einen, der Skat spielen konnte. Und da Benni und ich uns nun schon gut kannten, hatte dieser zum Mittag und ich hoffe, es hat uns keiner für übel genommen, sein Taschengeld an uns verspielt.

Spannend wurde es, wenn sich der Meister oder der große Chef von uns auf der Baustelle ankündigte. Das war zwar selten der Fall, aber es kam vor. An diesen Tagen mussten irgendwie schnell ein paar Fliesen verlegt werden und dazu fiel auch noch oft die Schwarzarbeit ins Wasser, weil sich die Herrschaften meist erst kurz vorm eigentlichen Feierabend die Ehre gaben.

Einmal kam unser Meister sogar unangekündigt nach dem Rechten schauen. Obwohl er eigentlich nicht uns besuchen wollte, sondern den Chef des nahe gelegenen Farbgeschäftes. Tausche Fliesen gegen Farbe. Ein ganz normaler Deal in der DDR. Und bei der Gelegenheit schaute der Meister eben bei uns vorbei. Wir saßen gerade bei einer gemütlichen Skatrunde, als Benni das Auto von ihm auf den Hof fahren sah.

»Oh Schitt. Gib mal schnell Wassereimer und Quast.«

Ich verstand noch nicht gleich.

»Los mach deinen Kübel nass.«

Ich schüttete Wasser in meinen Mörtelkübel und kippte mein unbenutztes Werkzeug aus der Tasche. Benni bespritzte in der Zeit die verlegten Fliesen der vergangenen Woche mit Wasser.

Der Meister kam durch die Tür. Die beiden Maurer, welche unsere aktuellen Skatbrüder waren, saßen immer noch am Frühstückstisch und hielten ihre Karten in der Hand. Unser Meister hatte eine stattliche Größe von 1,95m und sein Blick wanderte langsam durch die Baustelle. Er sah die feuchten »frisch verlegten« Fliesen.

»Man Jungs, da habt ihr aber ordentlich ran geklotzt.«

Genauso plötzlich, wie er erschien, verschwand der Meister auch wieder und wir konnten unser Skatspiel fortsetzen.

Meister und Chef waren uns gut gesonnen und machten keine Probleme. Problematischer waren da schon die etwas größeren Baustellen, auf denen ein Bauleiter oder gar ein Architekt sein Unwesen trieb. Doch auch für solche Hansels gab es immer ein Mittel, damit sie die Fliesenleger in Ruhe ihre Arbeit machen lassen.

Einer dieser Bauleiter war nicht älter als 30 Jahre. Er kam frisch von der Uni und machte jeden Morgen pünktlich um 9.00 Uhr seine Baubegehung. Wir saßen jedes Mal am Frühstückstisch, als er in feinem Zwirn, mit frisch poliertem blauen Bauhelm und glänzenden Gummistiefeln an uns vorbei schlich.

»Na? Schon wieder Pause? So werdet ihr nie fertig.«

Er konnte uns irgendwie nicht sitzen sehen, denn jeden Tag aufs Neue suchte der Bauleiter einen Grund, uns vom Pausenstuhl hochzujagen. Einmal waren es Fliesensplitter, die ihn störten und zusammengefegt werden sollten, das andere Mal eine Schubkarre, die im Weg stand oder das nächste Mal einfach nur das Wasserfass, welches gerade am überlaufen war.

Ein Ritual war aber jeden Tag gleich. Und zwar, dass er bei seinem Rundgang provokativ all seine Kraft, in einen seiner schicken, glänzende Gummistiefel konzentrierte und den erstbesten, leeren, herumliegenden Fliesenkarton durch die Baustelle kickte.

Auch an diesem Tag stolzierte der Bauleiter an uns vorbei und machte dumme Sprüche.

»So kann das mit der Planerfüllung nichts werden. Ich glaube, ich muss mal mit eurem Chef reden.«

Ich sah in freudiger Erwartung wie er dann, herablassend grinsend, einen Fliesenkarton anvisierte, der genau in seiner, bis dahin makellosen, Bauleiterlaufbahn lag.

Ein Kalksandstein im Format 2 DF hat die Maße von 24 x 11,5 x 11,3 Zentimeter und wiegt ca. 5,5 Kilogramm. Ein solcher Stein passte damals genau in einen leeren Fliesenkarton. Legte man diesen dann mit der Öffnung nach unten auf den Fußboden, sah man nicht, welche Gefahr unter diesem harmlos wirkenden, vermeintlich leeren Fliesenkarton lauerte.

Und dann kam einer der schönsten Momente meiner bis dahin relativ kurzen Fliesenlegerkarriere. Die Gummistiefelspitze des Bauleiters traf den Karton mit gewaltiger Wucht. Das Gewicht und die damit verbundene Trägheit des darin befindlichen Mauersteins vereinigten sich zur Gegenwehr. Nach wenigen hundertstel Sekunden war diese aber gebrochen und so flog der Mauerstein samt Karton geschätzte 10 Meter durch die Baustelle.

Wenn zwei solche gewaltigen Kräfte aufeinandertreffen, geht das natürlich nicht ohne materielle Schäden aus. In diesem Falle löste sich die Sohle des Bauleitergummistiefels vom Rest der Fußbekleidung und sauste, auf Grund seines geringeren Gewichts, am sich im Fluge befindlichen Kalksandstein vorbei.

Ich hatte bis dahin noch nie erlebt, wie viele Grimassen ein Gesicht in einer Minute schneiden kann. Ich glaubte sogar ein paar echte Tränen gesehen zu haben, doch unser Bauleiter biss die Zähne zusammen, und wackelte, ohne noch irgendeine Bemerkung zu machen, aus der Gefahrenzone.

Der neue Ersatzbauleiter, der dann die Baustelle übernahm, war harmlos und ließ uns in Ruhe. Von ihm erfuhren wir, dass sein Vorgänger mehrere Wochen krankgeschrieben sei, weil er sich seinen Mittelfuß sowie drei Zehen gebrochen hatte.

»Er soll wohl auf der Baustelle über die Rohtreppe gestolpert sein.«

Mein erster Monat bei meinem neuen Arbeitgeber war vorüber und die erste

Lohntüte fällig. Ich erwartete nicht viel, doch meine Erwartungen wurden noch untertroffen.

Auszahlungsbetrag: 386,-Mark standen am Ende des Lohnzettels. Darin enthalten war auch meine Benzingeldrückerstattung von 123,-Mark. Wow, damit hatte ich nun wirklich nicht gerechnet, aber je länger ich überlegte, je mehr wurde mir klar, dass ich auch nicht mehr verdient hatte. Im Gegenteil, ich war sogar noch gut bezahlt, für insgesamt knappe 20 Quadratmeter verlegter Fliesen, eine spannende Vier-Schanzen-Tournee und einige erfolgreiche Skatturniere. Eigentlich konnte mir der Lohn auch egal sein, denn schließlich waren einige Schwarzbaustellen abgearbeitet und das Geld bereits sicher im Lederbeutel verstaut.

An den Wochenenden gingen Benni und ich, jeder seine eigenen Wege. Ich kümmerte mich um meine Privatarbeit und natürlich um meine neue Freundin »Helmut«. Den Namen Helmut behielt ich bei. Einerseits hatte ich mich irgendwie daran gewöhnt und außerdem fand auch sie ihren Spitznamen Helmut besser, als ihren richtigen Mädchennamen Angelika.

Sie besuchte mich oft auf meiner Schwarzarbeit, was manchmal sehr von Vorteil sein konnte. Denn die Verpflegung auf meinen Baustellen war immer fürstlich und der Kasten Bier stand stets in der Nähe meines Mörtelkübels. So konnte ich dann auch mal ohne schlechtes Gewissen ein bis fünf leckere Bierchen mit meinen Kunden trinken und mich dann von Helmut und ihrem Moped nach Hause fahren lassen.

Ich ließ mich sogar ab und an von ihr zur Baustelle fahren, zum Beispiel, wenn ich wusste, ich würde an diesem Tage mit der Arbeit fertig und es gibt ein kleines Fliesenfest. Was ein Fliesenfest ist? Die Maurer und Zimmermänner haben ihr Richtfest und der Fliesenleger hat eben sein Fliesenfest.

»Fliese klebe, so lang ich lebe, wenn ich nicht mehr lebe, brauchst auch nicht mehr klebe.«

Ja, nicht nur auf dem Dach wurden Sprüche geklopft. Bei einem Fliesenfest gab´s natürlich jede Menge lecker Bierchen. Da war es gut, wenn Helmut mit an Bord war, denn sie war es , die mich dann sicher wieder nach Hause brachte, auch wenn manchmal nicht alles am Ziel ankam, was von der Baustelle losfuhr. So fehlte zum Beispiel einmal ein ganzer Werkzeugeimer, als ich von ihrem Mopedsattel rutschte.

»Ups, den haben wir wohl beim Kirschenpflücken unterwegs stehen gelassen.«

Wir fuhren die Strecke nochmals zurück und tatsächlich, dort stand mein Werkzeug komplett und unversehrt. Doch der Eimer parkte nicht wie vermutet am Kirschbaum, sondern auf dem Mittelstreifen der Fernverkehrsstraße und die Autos fuhren langsam daran vorbei.

Es war eine tolle Zeit. Die Arbeit machte Spaß, ich hatte eine passende Freundin, Geld war immer vorrätig und ich kann sagen, dass es mir an nichts fehlte.

Eigentlich ein ganz normaler Tag

Ich war 21 Jahre jung und »Helmut« würde bald 18 werden und wir fingen an gemeinsame Zukunftspläne zu schmieden. Ein kleines Häuschen sollte es sein und wir hatten auch schon ein passendes Objekt ins Auge gefasst. Da gab es nur ein Problemchen. Das Haus gehörte einer älteren Dame, die dieses nur unter der Bedingung verkaufte, wenn man ihr, im Zuge des Verkaufes auch eine Zweiraumwohnung vermittelte.

Wohnungen waren in der DDR, wie vieles andere auch, nicht unbedingt im Überfluss vorhanden und wer auf Wohnungssuche war, brauchte viel Geduld, Beziehungen oder einfach nur Glück.

Als Single eine Zweiraumwohnung zugewiesen zu bekommen, glich einem Fünfer im Telelotto. Die Chancen darauf erhöhten sich aber beachtlich, wenn man als Ehepaar im Wohnungsamt erschien. Um nun der älteren Dame den Wunsch einer Zweiraumwohnung erfüllen zu können, beschlossen wir kurzerhand dem Standesamt einen Besuch abzustatten.

Den ganzen romantischen Schnick-Schnack wie Heiratsantrag oder Verlobung übersprangen wir einfach und standen an einem sonnigen Oktobertag im Salzwedeler Rathaus.

»Wir müssen heiraten. In diesem Jahr noch.«

Die Standesbeamtin schaute in ihren Kalender und runzelte die Stirn. Da »Helmut« erst am 1.Dezember 18 Jahre alt wurde und somit selbst darüber entscheiden durfte, wen und ob sie heiraten will, musste der Termin für die Hochzeit in den Monat Dezember fallen.

»Am 29.Dezember hätte ich noch einen letzten freien Termin.«

»Okay, das passt. Wir sehen uns dann.«

Kurz darauf standen wir eine Etage tiefer im Wohnungsamt und reichten unseren Antrag auf eine Zweiraumwohnung ein, wodurch wir noch in den Wohnungsplan von 1989 fielen.

Bis wir nun unsere vier Wände zugewiesen bekommen sollten und dann das Häuschen kaufen konnten, mussten aber noch einige Monate ins sozialistische Land ziehen. Und bis es so weit war, wohnten wir in dem kleinen Bungalow auf dem Hof meiner Eltern.

Dieser bestimmte Tag begann wie viele andere zuvor auch. »Helmut« weckte mich mit einem leisen Kuss auf die Wange und machte sich auf den Weg zur Arbeit. Mein Frühstück stand auf dem Tisch und ich schlürfte gemütlich meinen Kaffee. Mein Blick fiel auf den Schrank mit dem Spülbecken, welcher an das rohe Mauerwerk geschoben war. Seit ein paar Wochen lag mir meine Zukünftige schon in den Ohren, dass da noch ein paar Fliesen ran müssen. Ich nahm mir vor ihrem Wunsch heute nach der Arbeit endlich nachzugehen, denn für den heutigen Tag waren keine großen Aktionen geplant, da ein Kollege Geburtstag hatte.

Ich stieg in meinen knallroten Trabi und sauste zur Baustelle.

Ich arbeitete gerade mit Rocki, der mittlerweile auch zur PGH gewechselt hatte, und Mölli in den neuen Toilettenanlagen eines kleinen Jugendklubs. Doch an diesem Tag wurde das Werkzeug gar nicht erst ausgepackt, denn Mölli hatte Geburtstag. Da die in der Nähe befindliche Dorfschänke erst um 11.00 Uhr öffnete, mussten wir so lange noch auf der Baustelle herumlungern. Damit wir bei unserer betriebsinternen Geburtstagsfeier nicht von irgendwelchen Bauleitern oder Auftraggebern belästigt werden, sperrten wir kurzerhand den Eingang zum Jugendklub mit einem großen Schild ab.

»Betreten verboten. Bodenfliesen frisch verlegt. Die Fliesenleger.«

So konnten wir ungestört die Skatkarten aus der Latzhose holen und Mölli stellte die dazu gehörige Verpflegung auf den, von den Malern freundlicherweise zur Verfügung gestellten, Tapeziertisch.

Eine Kiste Bier für mich, eine Flasche Goldbrand für Rocki und eine Flasche Pfeffi für Mölli. Das sollte uns bis zum Öffnen der Kneipe über die Runden kommen lassen.

Punkt um 11.00 Uhr wechselten wir die Lokalität und tauschten Tapeziertisch gegen Stammtisch. Die Zeit verging wie im Fluge und schnell rückte der Feierabend näher. Und da so ein langer Tag auch an einem gestandenen Bauarbeiter nicht ganz spurlos vorübergeht, zog ich es vor, an diesem 9.November mit dem Bus nach Hause zu fahren... glaube ich jedenfalls.

Meine mir Versprochene erwartete mich schon und ich erkannte sofort, dass sie unwahrscheinlich stolz auf mich war, als ich durch die Haustür wankte und sich die Türschwelle als hinterlistige Stolperfalle entpuppte.

»Schatzi, ich kachel dir heude noch deine Küsche.«

Ich glaubte ein bisschen Zorn in ihren Augen zu sehen und ohne ein Wort ließ sie mich mit meinem Vorhaben alleine und verschwand im gegenüberliegenden Haus meiner Eltern.

»Pah, das wäre doch gelacht, wenn ich heute die drei Quadratmeter Fliesen nicht an die Wand bekomme.«

Ich mischte mir meinen Mörtel an und dann ging es auch schon los.

Ich pfeife und singe sehr gerne bei der Arbeit, und damit das niemanden belästigt, habe ich auch immer das Radio an.

So war es auch an diesem grauen Novemberabend und die Arbeit ging, den Umständen entsprechend, gut voran.

Ich war gerade bei der letzten Fliesenreihe, als im Radio irgendetwas über die innerdeutsche Grenze gefaselt wurde. Ich drehte am Lautsprecherknopf und wollte erst gar nicht glauben, was die nette Tante da im Radio sagte.

Meine Fliesenkelle hatte ich noch in der Hand, als ich im Wohnzimmer meiner Eltern stand. Da saßen sie, meine Mutter, mein Vater und meine geplant zukünftige Ehefrau, nichtsahnend auf dem Sofa und guckten Tatort.

»Los kommt, wir fahren in den Westen. Die Grenzen sind auf.«

Meine Familie schaute mich vorwurfsvoll an.

»Sieh zu, dass du deine Fliesen an die Wand kriegst und vielleicht überdenkst du nochmal deinen heutigen Alkoholkonsum.«

Hm, ich wusste nun nicht mehr, ob die Grenzöffnung dem Alkohol zuzuschreiben war und ich nicht alles richtig im Radio verstanden hatte.

Ich setzte meine letzten Fliesen an, säuberte meinen Arbeitsplatz, rutschte unter die Dusche und war froh, als ich mir die Bettdecke über den Kopf ziehen und den 9.November 1989 für mich abhaken konnte.

Am Morgen danach wunderte ich mich, dass kein Frühstück auf dem Tisch stand. Auch von Helmut keine Spur. Die Dusche brachte Leben in meinen schlappen Körper und mein Kopf überlegte, was heute so alles auf dem Plan steht. Ohne Käffchen und Brötchen verließ ich das Haus und setzte mich in meinen Trabbi.

»Nanu, ich dachte, ich wäre gestern mit dem Bus nach Hause gefahren.«

Es gibt so einige Rätsel der Menschheit, die wohl nie gelöst werden. So auch dieses. Wie kam mein Trabant auf unseren Hof?

Ich fuhr zu dem Jugendklub und parkte mein Pappauto vorm Eingang. Die Baustelle war ungewöhnlich still. Kein Handwerker war zu sehen und auch meine Kollegen, glänzten durch Abwesenheit.

Etwa eine Stunde lang inspizierte ich die Baustelle und fand unter dem Tapeziertisch noch eine volle Flasche Bier. Ich stellte fest, dass das erste Bier, am Tag danach, super lecker schmeckt.

Nachdem ich die inzwischen leere Flasche ordnungsgemäß in der Bierkiste verstaut hatte, beschloss ich diesen trostlosen Ort, an dem an diesem Freitag scheinbar niemand arbeiten wollte, zu verlassen und auf meine Schwarzbaustelle zu fahren.

Ich stand vor der Haustür und klingelte. Und wie ich da so stand und auf Einlass wartete, bemerkte ich, dass es irgendwie unheimlich ruhig in der Stadt war. Die Haustür öffnete sich nicht. Ich schaute auf die Uhr. Es war 10.00 Uhr und ich hatte mich eigentlich erst für 13.00 Uhr angemeldet. Also fuhr ich nach Hause, in der Hoffnung, dass ich dort vielleicht einen Menschen antreffe.

Mein Vater war der Erste, der mir dann über den Weg lief. Freudestrahlend zeigte er mir einen Hundertmarkschein – WESTMARK. Dann stürzte »Helmut« mir entgegen.

»Da bist du ja endlich. Der ganze Osten fährt in den Westen und du treibst dich auf deinen Baustellen rum. Los zieh dich um. Wir fahren nach Drüben.«

Die neue Freiheit

Es war eine aufregende Zeit, die Tage und Wochen nach dem Mauerfall. Doch irgendwann kehrte die Normalität zurück und alles ging wieder seinen (noch) sozialistischen Gang.

Am 27.Dezember 1989 war dann der Tag unseres Polterabends, denn auch wenn die Grenzöffnung einige Veränderungen brachten, der Termin für die Hochzeit stand schon lange vor der neuen Freiheit fest und wurde auch nicht verschoben.

Meine Polterbraut hatte inzwischen ihren achtzehnten Geburtstag hinter sich gebracht und war nun auch im heiratsfähigen Alter. Geschätzte 120 Gäste feierten mit uns, bis in den frühen Morgen. Die Party wäre vielleicht auch noch etwas länger gegangen, wenn nicht genervte Anwohner den Sicherungskasten des gemieteten Klubraums demoliert hätten.

Die eigentliche Hochzeit wurde dann, einen Tag später bei einem gemütlichen Mittagessen im engsten Kreise der Familie gefeiert, nachdem es dann direkt in die Flitterwochen ging.

Die neue Reisefreiheit in der DDR hätte es uns nun eigentlich erlaubt, in die Karibik oder nach Hawaii zu reisen, doch wir hatten unsere Hochzeitsreise schon geplant und gebucht, als die Flugzeuge für den ganz normalen Ossi nur in Richtung Sonnenaufgang starteten und an einen Flug in die entgegengesetzte Richtung überhaupt nicht zu denken war.

Also saßen wir nach dem Hochzeitsessen in meinem Trabant und das in voller Hochzeitsmontur. Für mich nicht weiter störend, denn mein Hochzeitsanzug sah zwar etwas anders aus als meine Arbeitshose, aber in Funktionalität unterschied er sich kaum vom Blaumann. Naja fast, die Zollstocktasche fehlte eben.

Bei der Braut war das schon etwas anders. Sie füllte mit ihrem Schleier und dem ganzen Gedöns die komplette Rückbank meines Zwickauer Deluxe Models und ich war froh, als ich meine frischgebackene Ehefrau komplett in der Pappkarosse verstaut hatte.

Mein Bruder steuerte an diesem Tag mein Auto und so starteten wir von Salzwedel aus in Richtung Dresden.

Dass das Hochzeitskleid nun wahrlich nicht das ideale Reiseoutfit war, merkten wir, als bei ihr der Sekt vom Mittagessen drängelte, aber auf der Autobahn kein Parkplatz oder gar Toilette in Reichweite war. Es war ein Bild, welches mir als unser Hochzeitsfoto im Gedächtnis blieb, obwohl die Braut darauf gar nicht zu sehen war, sondern nur ein riesiger weißer Tüll-, Schleifchen- und Gardinenhaufen, der hinter der Autobahnleitplanke in den Büschen hing und durch den leichten Nieselregen langsam an Spannkraft verlor.

Mein Anzug war noch glatt und die Bügelfalte saß an der richtigen Stelle, als wir im Interhotel in Dresden eincheckten. Das Kleid hingegen hatte etwas gelitten. Ein paar Zweige hatten sich im Gewirr des Schleiers verfangen, das strahlende Weiß hatte seine Leuchtkraft verloren und der ausgefranste Rocksaum war voller Kletten.

Der neue Schlitz an der Seite des Kleids gefiel mir aber, ließ er doch ein wenig Aussicht auf das Verborgene unter der, inzwischen schlappen, Hochzeitsmontur zu und machte mich schon ein bisschen nervös.

Am nächsten Morgen ging es dann in frischer Kleiderordnung auf den Flughafen von Dresden und die sowjetische Fluggesellschaft AEROFLOT brachte uns nach Sotschi ans Schwarze Meer. 10 Tage Russland galt es dann zu erleben und tatsächlich haben wir diese 10 Tage auch ohne bleibende Schäden überstanden. Den Bericht über unsere sozialistische Reisegruppe, die außer uns nur aus wichtigen Kadermitgliedern der noch existierenden DDR bestanden, erspare ich mir an dieser Stelle.

Das war also geschafft und wir konnten die nächsten Ziele angehen.

Wir bekamen die beantragte Zweiraumwohnung, die einem Ehepaar in der DDR zustand, schon zwei Monaten nach der Eheschließung zugewiesen. Jetzt sollte eigentlich der Deal mit der netten, alten Dame über die Bühne gehen. Zweiraumwohnung und ein Beutel voll Ostmark im Tausch gegen ihr Grundstück und Häuschen. Doch Pustekuchen, die Grenzöffnung ließ eine Menge Spekulationen aufkommen und so stand unser Traumobjekt plötzlich nicht mehr zum Verkauf.

Verheiratet waren wir nun trotzdem und wir beschlossen, es vorerst dabei zu belassen. Schließlich waren wir ein tolles Team und hatten uns dazu auch noch lieb.

Wendemanöver

Die Wende brachte ein paar Veränderungen in meinen Arbeitsalltag. Das Geschäft mit dem sozialistisch umgelagerten Material lief nicht mehr, denn Fliesen gab es jetzt einfach so zu kaufen. Was aber blieb, war die Schwarzarbeit, wobei sich dabei mein Revier deutlich vergrößerte. Ich wohnte direkt an der Grenze der langsam zerfallenden DDR und der wiedererstarkten Bundesrepublik Deutschland. Bedingt durch die Grenzöffnung konnte mein Trabant nun in alle Himmelsrichtungen abqualmen, ohne dass das Jemand verhindern wollte. Auch im Westen waren Fliesenleger gefragt und die Kunden waren froh über die unkomplizierte Auftragsabwicklung. Ich kam, arbeitete und der Kunde zahlte.

Damit ich bei meiner Kundschaft in den beiden deutschen Staaten auch niemanden diskriminierte, war mein Stundenlohn im Osten der gleiche wie im Westen. Nur der Ossi zahlte in Ost- und der Wessi in Westmark, logisch. Dieses Währungsdurcheinander dauerte glücklicherweise nicht allzu lange an, denn ab dem 1.Juli 1990 war das alles vorbei und es wanderten nur noch harte Devisen unter mein Kopfkissen.

Mein letzter Bau für harte Schwarzostmark war ein hübsches Einfamilienhaus auf dem Lande. Wie immer, wenn ich bei Bauern arbeitete, wurde ich königlich verpflegt und so königlich wie die gesamte Verpflegung auf der Baustelle, war dann auch das abschließende Fliesenfest.

Meine ehemalige Verlobte hatte an diesem Tag keine Zeit für mich und so fuhr ich mit meinem Pappporsche alleine auf die Baustelle, obwohl für den Feierabend ein paar lecker Bierchen angekündigt waren. Es war ein lauer Sommerabend und Pitt der Bauherr hatte ordentlich aufgetafelt. Der Grill wurde angeheizt und jede Menge lecker Bierchen standen verführerisch im Schatten einer großen Tanne.

»Kay, du kannst ruhig was trinken. Wir fahren dich dann schon irgendwie nach Hause.«

Da ließ ich mich natürlich nicht lange bitten und ich weiß nicht mehr genau, ob es nun an dem Apfelwein, am Goldbrand oder doch am lecker Bierchen lag. Jedenfalls verlor ich irgendwann die Kontrolle über mein eigenes Ich.

Das Fliesenfest war ein voller Erfolg, glaube ich jedenfalls und obwohl Pitt nicht unbedingt weniger Alkoholitäten intus hatte als ich, brachte er mich und meinen geliebten Trabi, zusammen mit seinem Kumpel, der gleichermaßen mit an der Vernichtung von zwei Flaschen Goldbrand, drei Flaschen Apfelwein und einer Kiste Bier beteiligt war, nach Hause.

Sie stellten mich vor meine Haustür, klopften und ergriffen sofort wieder die Flucht. Schließlich kannten sie »Helmut« und wussten, dass eine Standpauke von ihr kein Zuckerschlecken ist und so konnte ich mir diese dann alleine um die Ohren sausen lassen.

»Hast du dich mal angeguckt? Wie der letzte Penner. Lauter Tannennadeln aufm Kopf und hör dich mal an, wie du lallst.«

Mir fiel auf, dass ich bis zu diesem Zeitpunkt eigentlich noch gar nichts gesagt hatte. Aber die Frau hat immer recht und so hielt ich einfach meine Gusche. Das Gezeter ging noch eine Weile und so langsam bekam ich Ohrensausen.

»Wir wollten morgen früh wegfahren. Das kann ich wohl vergessen mit dir. Nie kann man sich auf dich verlassen.«

In solchen Situationen ist die einzige Rettung für mich, der Gang auf die Toilette. Der heilige Ort, an dem seine Ruhe hat. Ich hörte sie noch eine Weile vor der Badtür brubbeln, bevor es so schien, als entspanne sich die Situation allmählich.

Nach zehn Minuten wollte ich eine erneute Gegenüberstellung wagen und erhob mich vom Thron des Friedens und der Ruhe. Die Kontrolle über mein eigenes Ich hatte ich inzwischen zurückgewonnen, dafür musste ich aber die Kontrolle über mein Gleichgewichtssinn verloren haben. Mit noch in den Kniekehlen hängender Hose kippte ich kopfüber in die direkt vor mir befindliche Badewanne. Da ich nun wusste, dass das Gezeter nach diesem Purzelbaum von vorne beginnen würde, blieb ich einfach in der Wanne liegen und stellte mich schlafend, bevor ich dann letztendlich wirklich einschlief.

Zwei harte Backpfeifen holten mich aus meinen duseligen Träumen und vor mir stand wutentbrannt meine Mutter. Als »Helmut« merkte, dass ich in der Wanne eingeschlafen war, hatte sie nichts anderes zu tun gehabt, mal schnell zu meiner Mutter zu fahren und ihr zu erzählen, was sie doch für einen »tollen« Sohn hat.

Meine Mutter hörte nur Badewanne, schlafen, sturzbetrunken und geriet in Panik. Sie schwang sich aufs Fahrrad und kurze Zeit später stand sie auch schon in unserem Bad.

»Da ist ja gar kein Wasser drin!!!«

»Helmut« blickte fragend.

»Wer hat denn was von Wasser gesagt?«

Ich hatte inzwischen 21 Winter erlebt, doch meine Mutter schreckte jetzt nicht davor zurück, mich am Schlafittchen aus der Badewanne zu zerren und mir zwei mütterliche Schellen zu verpassen, wie ich sie vorher noch nie zu spüren bekommen hatte.

Jetzt war ich wach und das Gezänk ging erneut von vorne los. Nur in doppelter Intensität durch Mutter und Ehefrau.

Eigentlich bin ich ganz gemütlich und habe eine dicke Haut vorm Trommelfell, doch auch ich will irgendwann mal meine Ruhe haben. Ich zog meine immer noch in den Kniekehlen hängende Jeans an die richtige Position, griff in meine linke hintere Gesäßtasche, holte ein mit Haargummi zusammengebundenes Bündel Geldscheine heraus und warf dieses trotzig auf den Küchentisch.

»Weiber!!!«

Ein Wort, das gesessen haben musste, denn es wurde still und die Mädels beruhigten sich. Für mich ein idealer Zeitpunkt, die Schlafzimmertür zu suchen und die Bettdecke über mein mit Tannennadeln übersätes Haupthaar zu ziehen, um mich endlich der, mehr als verdienten, Nachtruhe zu widmen und damit meine letzte Baustelle für harte Ostmark abhaken zu können.

Die beiden deutschen Staaten hatten kurze Zeit später das gleiche Geld, aber trotzdem gab es immer noch zwei deutsche Staaten und ich war Staatsbürger der DDR.

Während Schwarzarbeit in der DDR mehr oder weniger toleriert wurde, war sie in der BRD verboten. Wie sollte man sich nun verhalten, wenn man in beiden Teilen Deutschlands arbeitete? Verbot oder Toleranz, BRD oder DDR, das alles tangierte mich peripher und so war ich einfach weiter fleißig und arbeitete hüben wie drüben ohne dafür Steuern zu bezahlen.

Und dann kam der 3.Oktober. Der Tag, an dem die DDR der Bundesrepublik beitreten durfte. Der Tag, an dem wir die Schlagersüßtafel gegen Milka tauschten, Sozialismus gegen Kapitalismus, Hand in Hand gegen Ellenbogengesellschaft, Boxer gegen Levis, Trabant gegen Volkswagen und das Konsumwarenhaus gegen C&A. Ab sofort waren alle Deutschen gleich deutsch und es gab nur noch einen deutschen Staat und ein Gesetz.

Einige meiner Kollegen verließen ihre alte Heimat und gingen in den Westen, um dort neu durchzustarten. Doch wir hatten andere Pläne.

Durch die Wiedervereinigung war es mir nun möglich, ein eigenes Geschäft zu eröffnen und somit endlich auch Steuern an das Finanzamt abzuführen. Was ich dazu benötigte war »lediglich« der Meistertitel im Fliesenlegerhandwerk und so schrieb ich mich schnell für die Meisterschule ein.

Drei Jahre lang, jeden Freitag und Samstag, sollte die Qualifizierung zum Handwerkmeister dauern und dafür musste ich erneut, wie auch schon zur Lehre, nach Magdeburg fahren, das 100 Kilometer weit von Salzwedel entfernt war. Nur dieses Mal war ich nicht auf die Bahn angewiesen, sondern vertraute den 26 PS meines Zweitakters aus Sachsen.

Drei Jahre bis zur Selbstständigkeit! Obwohl, eigentlich war ich ja schon selbstständig, denn inzwischen hatte ich keinen richtigen Arbeitgeber mehr, sondern fuhr nur noch von »Privatkunde« zu »Privatkunde« und wirtschaftete in die eigene Tasche. Die ins Auge gefasste Selbstständigkeit sollte dem Ganzen einfach etwas Offizielles verleihen und mich aus der Illegalität der Schwarzarbeit befreien.

Drei Jahre Meisterschule sind eine lange Zeit und ich überlegte, ob es nicht noch einen anderen Weg gibt, um schon vor dem Abschluss einen Handwerksbetrieb anzumelden.

Der Schlüssel zum Glück war schließlich ein Original Salzwedeler Baumkuchen. Mit diesem Zuckergebäck bewaffnet stand ich an der Tür der Handwerkskammer und fragte nach einer Ausnahmegenehmigung. Der Baumkuchen schien den Herrschaften gefallen zu haben, denn die erhoffte Ausnahmegenehmigung für ein Fliesenlegergewerbe ohne Meistertitel lag eine Woche später, unterschrieben vom Wirtschaftsminister, im Briefkasten.

Meiner Selbstständigkeit stand jetzt nichts mehr im Wege und so arbeitete ich meine letzten Schwarzbaustellen ab und meldete offiziell mein Gewerbe an.

Ich war jetzt richtiger Unternehmer und mein Auftragskalender war voll. Komisch war nur, dass kaum ein Kunde eine Rechnung von mir wollte, um dadurch die Mehrwertsteuer zu sparen. Durch diesen Umstand konnte ich diese dann auch nicht ordnungsgemäß an das Finanzamt abführen, weil ich sie ja nicht hatte. So befand ich mich oft in einer Zwickmühle und musste mich entscheiden, für den Kunden ohne Rechnung oder für das Finanzamt mit Rechnung. Und wie sagt man so schön, »Der Kunde ist König«.

Ganz leer ging das Finanzamt aber auch nicht aus, denn ich hatte in der Zwischenzeit meine ersten öffentlichen Aufträge durch Stadt und Land im Terminkalender stehen. Und eins war da sicher, der Bürgermeister kam nicht zu mir und fragte, ob wir das nicht alles ohne Rechnung machen können. Mal ehrlich, das wäre ja auch doof gewesen.

Diese Rechnungen an die öffentlichen Auftraggeber erschienen jedenfalls in voller Höhe in den Geschäftsbüchern. Wenn, ja wenn ich dann mal die Zeit fand, um Ordnung in die Buchhaltung zu bringen. Ich war schließlich Handwerker und kein Bürokrat.

»Hast du keinen Steuerberater?«

Ich weiß nicht, wie oft mir diese Frage gestellt wurde und meine Antwort war immer die gleiche.

»Was machen die? Die kosten Geld. Und wenn etwas am Ende nicht stimmt, bin ich eh schuld.«

Also versuchte ich, einmal im Monat, dem Chaos auf meinem Schreibtisch eine gewisse Übersichtlichkeit zu verschaffen. Dabei entdeckte ich an mir die Fähigkeit, schon an der Farbe der Briefumschläge und den darauf befindlichen Absendern zu erkennen, ob der Inhalt der Post schlechte Laune oder Freude machen wird. Auf schlechte Laune hatte ich meistens keine Lust und so öffnete ich lieber die Gute-Launebriefe, während die anderen noch ein paar Tage, oder wenigsten bis nach dem Wochenende liegen blieben.

Suche Fliesenleger

Die Kunden gaben sich die Klinke in die Hand und ich musste über Verstärkung für die Auftragsabwicklung nachdenken. Genau zu diesem Zeitpunkt kam Tommes auf mich zu und fragte, ob ich nicht ab und zu etwas für ihn zu tun hätte. Einen Tag später fuhr er auch schon mit mir an die Fliesenlegerfront. Für die ordnungsgemäße Anmeldung bei Krankenkasse, Finanzamt und Berufsgenossenschaft war keine Zeit, da die Termine auf der Baustelle drückten.

»Irgendwann holen wir das schon nach. Außerdem war Tommes ja auch noch beim Arbeitsamt gemeldet und versichert.«

Ein paar Monate gingen ins Land und wieder war Verstärkung notwendig. Nun waren wir plötzlich zu dritt in unserer Wand- und Bodenveredlungstruppe. Es gelang mir einen der besten Fliesenleger meiner Stadt für uns zu gewinnen und zwei Leute illegal beschäftigen ging nun aber gar nicht. Es war also höchste Eisenbahn, die neuen Kollegen bei allen Institutionen, die an der Arbeit meiner Mitarbeiter mit verdienen wollten, anzumelden. Ich hoffte niemanden dieser Blutsauger vergessen zu haben und nach dem ersten Monat ordnungsgemäßer Lohnabrechnung stellte ich fest, dass sich die Büroarbeit und der damit verbundene Papierkram um ein Vielfaches erhöhte. Die Papierberge in unserem Wohnzimmer wurden immer größer und so stand schnell fest, dass ich raus muss aus unseren vier Wänden.

»Ich brauche ein richtiges Büro.«

Den Traum vom eigenen Grundstück hatten meine Frau und ich nicht aus den Augen verloren und es kam der Tag, als wir das für uns passende Land angeboten bekamen. 2000 Quadratmeter mit einem alten baufälligen Fachwerkhäuschen darauf, konnten wir dann bald unser Eigen nennen.

Eigentlich war das Fachwerkhaus zum Abriss frei gegeben, doch wir wollten es wieder aufbauen und dort einen kleinen Fliesenladen mit dem notwendig gewordenen Büro einquartieren. Also packen wir es an. Es gibt viel zu tun

Wenn es darum ging zu helfen, konnte ich auf alle meine Freunde zählen.

»Wir müssen mal eben mein kleines Fachwerkhäuschen sanieren.«

Und sie waren alle da. Grobi, Ratze, Diddel, Micha, Tommes, Matze, Holli und Brandy ließen sich nicht lange bitten, erschienen jedes Wochenende auf meinem Grundstück und halfen, das alte darauf befindliche Fachwerkhaus wieder aufzurichten und dem Gebälk wieder Stabilität zu geben. Das ganze, ca. 60 Quadratmeter große Bauwerk musste komplett angehoben und die unteren, verfaulten Balken ausgetauscht werden. Ein paar Wochenenden wurde dann ordentlich gestaubt, gesägt und natürlich Bier getrunken.

Das Dach wurde abgedeckt, die Wände entkernt oder gänzlich abgerissen und Decke und Fußboden verschwanden im Schuttcontainer. Irgendwann stand dann nur noch ein Holzbalkengerippe auf der Wiese und dieses wurde, von ein paar rostigen Drehstützen getragen. Mehr hatte ich leider nicht.

Wir hatten Glück, denn während dieser Schwerelosigkeit für das Fachwerkhaus herrschte schönstes Frühlingswetter und kein Wind pustete an der wackeligen, frei schwebenden Fachwerkkonstruktion.

Auch wenn es in diesem Moment nicht an ein Bürohäuschen erinnerte, so richtete »Helmut« gedanklich schon alles ein, während meine Freunde und ich an dem Wiederaufbau arbeiteten. Das gute an unserer Truppe war, dass in unserer kleinen Handwerksbrigade fast jedes Gewerk vertreten war. So gab es einen Dachdecker, einen Zimmermann, einen Tischler, zwei Maurer und ja mich natürlich, einen Fliesenleger. Und wer eben, beruflich gesehen, nicht vom Bau war, wurde kurzer Hand angelernt. So wie Grobi, dem das Ausmauern eines Gefaches anvertraut wurde.

Er setzte sich auf die Rüstung und fing voller Begeisterung an zu mauern. Das Ergebnis konnte sich sehen lassen. Die Steine saßen an der richtigen Stelle und zeigten einen ordentlichen Halbverband. Grobi hatte es sogar verstanden, sich bei der Arbeit an dem ca. 1 Quadratmeter großen Fachwerk nicht von seinem angewärmten Platz auf der Rüstung wegzubewegen. Er saß ziemlich dicht an der Arbeit, so dass er um seinen Bauch einen kleinen Bogen mauern musste, weil dieser besagte Bauch eben im Wege war.

»Nicht weiter schlimm, den Rest macht der Putz.«, meinte Grobi, der schnell das Mauern gelernt hatte, aber auch genauso schnell die klugen Sprüche von Kalle, Paule und Co.

Damit er dann auch zeigen konnte, was man mit Putz alles ausgleichen kann, durfte er seine ersten Putzversuche an seinem eigens mit Bauch zugemauerten Fachwerk unter Beweis stellen. Dabei war wohl wieder der Bauch im Wege, denn auch der Putz hatte die gleiche Kuhle, wie schon vorher das Mauerwerk.

»Ist mal was anderes. Das hat nicht jeder.Das guckt sich weg.«

Damit hatte Grobi einfach mal recht und so erinnerte mich das Fachwerk lange Zeit an die schönen Erlebnisse unserer Jugendbrigade

Auf einmal bist du Papa

Während wir an den Wochenenden jede freie Minute für den Wiederaufbau des 100 Jahre alten Fachwerkhauses nutzten, arbeitete ich unter der Woche auf meinen Baustellen. Irgendwie musste ich aber auch noch die Meisterschule in dem engen Terminkalender unterbringen, wobei ich mich hauptsächlich auf den Unterricht an den Samstagen konzentrierte und den Freitagskurs einfach ausfallen ließ. Am Ende war schließlich nur wichtig, dass ich die Prüfung bestehe und das sollte ich wohl irgendwie hinbekommen.

Der Tag hatte 24 Stunden und war streng durchgeplant und doch fand ich noch Zeit für meine liebe Frau. Es war sogar so viel Zeit, dass ihr Bauch eines Tages dicker wurde und wir Nachwuchs erwarteten. Der eigene Bau, die Firma, die Meisterschule und jetzt noch ein Kind. Wir waren jung und voller Energie, warum also nicht.

Die Schwangerschaft verlief normal und der Geburtstermin rückte immer näher. Die zukünftige Mutter war schon ein paar Tage über dem errechneten Termin und jedes Mal wenn mein liebes Weib in diesen Tagen um die Ecke auf unsere Baustelle bog, guckten alle gespannt auf ihren Bauch.

»Immer noch nicht da?«

Der Baustellenbiervorrat war in weiser Voraussicht aufgestockt, denn wir rechneten jeden Tag mit unserem Nachwuchs und das sollte schließlich ordentlich begossen werden.

Doch das Baby ließ auf sich warten und ich musste feststellen, dass die Idee mit meinem Biervorrat nicht unbedingt die Beste war, denn war der Vorrat da, war er auch schon wieder weg. Auch wenn noch kein Kind da war.

Fast vierzehn Tage später als geplant fuhr ich dann mit meiner schnaufenden Frau endlich in den Kreißsaal des Salzwedeler Krankenhauses. Es war Mitternacht, als sie an mir rüttelte und meinte, dass wir los müssen. Vielleicht musste sie auch etwas fester rütteln, denn wir schrieben den 1. Mai und das ist ja schließlich ein Feiertag. Und wie der Name schon sagt, nutzten wir den Tag zum Feiern. Deshalb bin ich mir auch nicht ganz sicher ob die zukünftige Mutter meines Kindes vor Wut oder vor Schmerzen geschnauft hat. Aber irgendwann klingelten wir bei der Nachtwache des Krankenhauses. Nach einer kurzen Untersuchung sagten die Hebammen, dass ich mich noch ein paar Stunden aufs Ohr hauen kann, denn das Baby wird noch etwas Zeit brauchen. Das ließ ich mir nicht zweimal sagen und fuhr wieder nach Hause. Schließlich stand mein Kopf noch unter dem Einfluss von Hopfen und Malz.

Es war Freitag und gegen 9.00 Uhr morgens erschien ich frisch geduscht wieder im Kreißsaal, um meine Frau bei der Geburt zu unterstützen. Sie war nicht unbedingt gut gelaunt und fragte etwas zornig, wo ich so lange war.

»Seit Stunden bin ich hier mit meinem Infusionsständer unterwegs und mir fallen langsam keine Gesprächsthemen mehr ein, um ihn zu unterhalten.«

Ihren Witz hatte sie also noch nicht verloren und nun war ich ja da.

Es waren drei anstrengende Stunden für mich. Immer wieder sollte ich, wohlgemerkt auf Anraten der Hebammen, meiner Frau den Rücken massieren, um so die Schmerzen der Geburt zu lindern. Ich war schon am Ende meiner Kräfte, als sich unser Baby endlich entschloss, in diese tolle Welt zu treten. Ganze zwölf Stunden hatte »Helmut« sich im Kreißsaal gequält und auch für mich waren die letzten drei Stunden anstrengender als eine

Arbeitswoche. Doch nun war Paul da und das entschädigte für alles.

Die frisch gebackene Mutter war erschöpft, und als sie dann später in ihrem Bett lag, nahm sie meine Hand und flüsterte mir ins Ohr.

»Beim nächsten Mal kannst du deine Massage weglassen. Die Geburtsschmerzen waren nicht so stark, wie die Schmerzen auf meinem Rücken, die deine rauen Hände dort anrichteten.«

Tatsächlich sah ich dann, dass die von mir liebevoll massierte Rückengegend wund und stellenweise ein bisschen blutig gerubbelt war.

Ich küsste sie liebevoll auf die Stirn und knuddelte meinen Sohn.

»Ich lass euch jetzt alleine. Ruht euch erst mal aus.«

Während meine Frau die Anstrengungen der Geburt nun hinter sich hatte, sollte es bei mir erst richtig an die Substanz gehen.

In der Kneipe meiner Eltern gab es das erste lecker Bierchen auf das Wohl unseres Kindes und die frohe Botschaft sprach sich schnell herum im Dorf. Am Abend konnte ich mich von der Feier loseisen und schaute noch einmal im Krankenhaus bei Frau und Kind vorbei. Hier hatte ich nun eine kurze Verschnaufpause, und während die Mutter unseren Sohn stillte, machte ich ein kleines Nickerchen in ihrem Wochenbett.

Die Besuchszeit war vorbei und ich wurde aus meinen Träumen gerissen.

Als ich kurze Zeit später zu Hause ankam, waren alle meine Kumpels schon da und feierten den Geburtstag von Paul. Irgendwann war das Bier alle und da wir noch durstig waren, beschlossen wir in die nächstgelegene Kneipe zu gehen. Dort wurde weitergefeiert und ich glaube, an diesem Abend waren die meist gesagten Worte »Prost Paul«.

Ich wurde wach, als mein Freund Grobi unsanft auf die Zeitung schlug, mit der ich mich, allem Anschein nach, zugedeckt hatte. Ich lag auf dem Sofa, welches einem explodiertem Zeitungskiosk glich, meine Garderobe unterschied sich in keinster Weise von der des gestrigen Abends und unsere gesamte Wohnung schien Schauplatz eines Bombenattentats gewesen zu sein. Ich schaute Grobi fragend an.

»Wie bist du rein gekommen?«

»Deine Wohnungstür stand weit offen. Los komm, die andern sind alle schon auf deinem Bau.«

Hm, ich fragte mich, wieso die alle schon wieder fit waren und sogar schon aufm Bau.

Auf der Baustelle angekommen wusste ich, warum die alle so schnell wieder einsatzfähig waren. Frisches Bier stand da und das drohte damit, warm zu werden. Der Tag war, wem will man es übel nehmen, gelaufen und gearbeitet wurde, im Sinne von etwas erschaffen, auch nicht mehr.

Am Nachmittag, pünktlich zur Besuchszeit fand ich mich bei meiner Frau und meinem Sprössling ein. Das Bett hatte eine magische Anziehungskraft auf mich und so nutzte ich die Besuchszeit, um mich endlich einmal von den Strapazen des Vaterwerdens auszuruhen. »Helmut« hatte vollstes Verständnis für mich und überließ mir gerne die eine Hälfte ihres Wochenbettes.

Eigentlich sollte die junge Mutter nach der Geburt noch eine Woche in der Klinik bleiben, doch sie machte sich, natürlich grundlos, Sorgen, dass ich alleine zu Hause nicht klarkomme. Nach drei Tagen schon packte sie wieder ihre Sachen und wartete darauf, dass ich sie abhole. Vorher hatte ich aber noch einiges zu tun, denn es galt, unsere kleine Zweiraumwohnung wieder in einen bewohnbaren Zustand zu bringen.

Drei Tage feierten hier schließlich meine Kumpels und ich die Geburt meines Sohnes und das hinterließ verständlicher Weise einige Spuren.

Das Aufräumen war für mich kein Problem, und ein kleiner Blumenstrauß rundete den Anblick der am Ende funkelnden Bude ab. Zwei Wochen später jedoch, wurden wir noch einmal an meine Strohwitwerzeit erinnert.

»Es stinkt.«

Es war Sonntagmorgen 6.00 Uhr und wir lagen noch in den Betten.

»Riechst du das nicht? Es stinkt.«

Ich schnüffelte in die Luft, aber vernahm nur den Geruch der vollen Windel, welche von der vergangenen Nacht noch auf dem Wickeltisch neben unserem Bett lag.

»Es stinkt nach Verwesung.«

»Helmut« schob ihre feine Nase auf dem Boden lang und stieß nach einer Weile mit der Stirn gegen den Staubsauger. Noch im Nachthemdchen wurde der Staubsauger auseinandergenommen.

»Oh, was ist das denn?«

Der Inhalt des Staubbeutels war zu einem eigenen Biotop geworden, überall krabbelte es. Eine grün-braune Soße schien der Ursprung alles, im Beutel befindlichen Lebens, zu sein. Doch was war das und wie kam diese Brühe in den Staubbeutel? Ich war zwar noch nicht ganz wach, aber begriff dann schnell, was passiert war.

So begann ich mit meiner Erklärung.

»Als du mit Paul aus der Klinik kamst, sollte die Wohnung blitzen. Ich putzte jede kleinste Ecke und rutsche mit dem Feudel in alle erdenklichen Winkel. Auch ganz oben auf dem Wohnzimmerschrank sollte alles staubfrei sein. Aber unsere Leiter stand im Keller und irgendwie musste ich ja da oben ankommen und das schnell. Also schob ich mir unseren Wohnzimmertisch in meinen Arbeitsbereich.«

Unser Wohnzimmertisch war ein gedrechselter Holztisch mit Glasplatte, den wir zur Hochzeit geschenkt bekommen hatten.

»Ich war fast fertig mit dem Staub wischen in luftiger Höhe, als ein tragendes Teil des Tisches anscheinend überfordert war und meinem Körpergewicht knurrend nach gab. Ganz langsam veränderte sich die Lage der Glasplatte des Tisches, von der Horizontalen in die Vertikale. Ich hatte keine Chance meine Höhenmeter beizubehalten und glitt samt Staublappen in den, unter dem Tisch befindlichen, Wischeimer. Noch war nichts weiter passiert, aber der Umstand, dass ich mit beiden Füßen, physikalisch eigentlich unmöglich, im Eimer stand, schränkte nun meine Bewegungsfreiheit beträchtlich ein und ich kam langsam ins Straucheln. Ich konnte noch das Kabel des Staubsaugers greifen, welches ich über die Schrankwand gelegt hatte. Dieses Kabel gab mir noch einmal Hoffnung, nicht umzufallen, doch nach wenigen zehntel Sekunden rutschte der Stecker aus der Steckdose und nun konnte auch das Kabel meinen Fall nicht mehr aufhalten. Im Gegenteil, der Stecker am losen Ende sauste über den Wohnzimmerschrank und nahm noch einige Sachen mit, unter anderem auch eine Flasche Pfefferminzlikör.

Dann lag ich da und der Inhalt des Wischeimers verteilte sich langsam auf dem gesamten Teppichboden. Da meine Füße immer noch im Eimer steckten, musste ich tatenlos zusehen, wie die Flasche Pfefferminzlikör langsam vom Schrank rollte und auf die, von mir schon längst wieder vergessene, Glasplatte des Wohnzimmertisches knallte. Das Glas der Tischplatte war wohl dicker. Jedenfalls war hier nur ein kleiner Sprung an der Ecke zu sehen. Die Flasche hingegen war nun kaputt.

Als ich mich dann vom Staubsaugerkabel befreit und meine Füße aus dem Wischeimer operiert hatte, war es Zeit für ein lecker Bierchen, um die ganze Sache mal nüchtern zu betrachten.«

»Ja und, wieso lebt unser Staubsauger jetzt?«

»Ich dachte mir, warum soll ein Staubsauger eigentlich nur Staub saugen, während ich an meinem Bier nuckelte? Tatsächlich saugt er auch Wischwasser und Pfefferminzlikör. Ach, und Leberwurst übrigens auch.

Dass dieses Gemisch in nur zwei Wochen so viel Leben hervorbringt, konnte ja keiner ahnen.«

Den lebenden Staubsaugerbeutel konnte ich mir noch einige Zeit lang anhören. Nichts desto Trotz gingen die Bauarbeiten an unserem Bürohäuschen gut voran und bald war die alte baufällige Ruine wieder ein richtiges Gebäude und es kam der Tag der Einweihung.

Mit Festzelt, einigen Fässern Bier und vielen Gästen wurde diese gefeiert und der Tag der offenen Tür in unserem neuen Geschäft war gut besucht.

Der Sparstrumpf unter meinem Kopfkissen war es nun leer, denn Grundstückskauf und Umbauarbeiten waren nicht umsonst. Das neue Geschäft brachte jedoch neue Aufträge und neue Kunden und somit die Aussicht auf frisches Geld. Also gute Voraussetzungen, um den Sparstrumpf wieder aufzufüllen um dann das nächste große Projekt anzugehen, unser eigenes Häuschen.

Wo soll ich unterschreiben?

In meiner Firma beschäftigte ich nun schon vier Fliesenleger. Wir waren ein tolles Team und ich konnte immer auf meine Jungs zählen.

Der Bauboom der Nachwendezeit bescherte uns einen vollen Auftragskalender. Bedingt dadurch musste viel organisiert, Material beschafft und viel Papierkram erledigt werden. So kam es nicht selten vor, dass ich einen ganzen Tag unterwegs war und nicht eine Fliese verlegte. Eigentlich nicht weiter schlimm, denn schließlich waren ja meine Jungs da, aber irgendwie hatte ich das Gefühl, dass früher mehr Geld in meiner Hosentasche klimperte.

Unser neues Geschäft brachte uns viele neue Aufträge und man kannte uns in der Stadt. Bedingt dadurch hatten wir auch ständig irgendwelche Vertreter auf unserem Hof, die irgendetwas verkaufen wollten. Meistens wurden diese dann von »Helmut« empfangen, die sich inzwischen um den Laden und viele organisatorischen Sachen kümmerte. Bei ihr standen diese Schlipsträger nicht unbedingt hoch im Kurs und mussten sich schon sehr anstrengen um die Hürde der ersten Tasse Kaffee zu nehmen, oder überhaupt einen Kaffee angeboten zu bekommen.

Ich hatte da mehr ein offenes Ohr für die armen Kerle, die ja auch nur ihren Job machten. Wenn vor mir ein guter Verkäufer saß, konnte er mir alles verkaufen. Man kann sagen, dass ich so ein typisches Opfer für eine Butterfahrt war.

Einmal kaufte ich Betten aus echter Alpakawolle. Das Beste was es für den Rücken gibt und für den gesündesten Schlaf der Welt. Als ich dann freudestrahlend zu Hause ankam, zeigte mir die Chefin, wie sie mittlerweile von allen genannt wurde, einen Vogel.

»Hier guck, die kosten bei »Bettenknuse« nur die Hälfte.«

Das Gute war, ich brauchte mich dann um nichts weiter kümmern. Sie setzte ein kurzes Schreiben auf und schickte den Ramsch kurzer Hand zurück. Mit in dem Päckchen war dann auch gleich eine, von ihr selbst gedruckte Visitenkarte einer Anwaltskanzlei, und so gab´s auch eigentlich nie Probleme mit meinen tollen Einkäufen und den Stornierungen der schon unterzeichneten Kaufverträge.

Einmal jedoch war das Zurückschicken nicht ganz so einfach. Es war ein riesiger, absolut feuersicherer Tresor, der uns bis vor die Bürotür geliefert wurde. Da zu diesem Zeitpunkt niemand von uns da war, wurde dieser kurzerhand einfach abgeladen und die Spedition suchte das Weite. Ich hatte mir diesen Tresor zu einem absolut super günstigen, nicht zu unterbietenden, vorteilhaften Sondersparpreis aufschwatzen lassen und schließlich brauchten wir solch einen Tresor unbedingt. Wenn die Räuber kommen oder wenn es mal brennt. Nicht dass aus dem Geld Kohle wird, oder gar die Geschäftsbücher zu Asche werden.

Für mich war das einleuchtend, aber die Chefin trat mir nur gegen mein Schienbein und meinte, dass ich doch lieber mich darin einschließen sollte, damit ich meiner Umwelt keinen weiteren Schaden zufüge.

Hm, irgendwie musste ich also das 500kg schwere Ding wieder loswerden. Trotzdem meine Frau auf mich sauer war, oder vielleicht gerade deswegen, konnte ich mich auf sie verlassen und 2 Stunden nachdem sie ein kurzes Telefonat geführt hatte, stand die Spedition wieder auf unserem Hof und holte das Monster ab.

Am liebsten waren mir die Versicherungsvertreter. Die waren immer total nett und schmierten mir so richtig viel Honig ums Maul.

Bei mir hat das super gewirkt und ich ließ keine Versicherung aus. Schlorti, der Kollege von »Hallo Herr Kaiser«, war da ganz gewieft. Er schlich sich unter dem Vorwand, einen Pool in Auftrag zu geben, in unseren Laden. Es folgte eine 30-minütige Beratung meinerseits, wobei Schlorti es irgendwie schaffte, mich in ein Gespräch über die Altersvorsorge zu verwickeln.

Am Ende hatte ich eine neue private Rentenversicherung in meiner Schublade. Natürlich war das nicht meine Erste, denn schließlich waren da schon zwei Vertreter vor ihm da. Doch Schlorti seine Rentenversicherung hatte gegenüber den anderen einen entscheidenden Vorteil, denn mit ihr konnte ich mich aus der obligatorischen, gesetzlichen Rentenversicherung befreien lassen. Ich hatte also geringere Beiträge und am Ende viel mehr raus. Dachte ich jedenfalls.

Nach einem Jahr stellte sich heraus, dass ich mich als Handwerker zum damaligen Zeitpunkt gar nicht von der gesetzlichen Rentenversicherung befreien lassen konnte. Aber egal, ich war gut vorbereitet auf die

Rente und bis dahin waren es ja auch nur noch 45 Jahre. Der Pool von Schlorti wurde natürlich auch nie in Auftrag gegeben.

Dann lernte ich Rolant kennen. Laut des Namens seines Arbeitgebers war er der Beste in Sachen Vermögensberatung auf deutschem Territorium. Rolant beauftragte mich mit den Fliesenarbeiten in seinem Eigenheim und wenn ich schon mal da bin, könne er doch mal meine ganzen Versicherungen checken. Außerdem hat er gute Verbindungen zu Banken, und da er wusste, dass wir uns ein Haus bauen wollten, bot er uns an sich um einen Kredit für uns zu kümmern.

Nach einer Woche genauster Prüfung meiner Versicherungsunterlagen kam er zu der Erkenntnis, dass ich völlig überversichert bin und diese Versicherungen auch noch absolut überteuert sind. Er schlug mir die Kündigung fast aller Versicherungen vor, und da er ja mit allen deutschen Versicherungsgesellschaften zusammenarbeitete, würde er mir die günstigsten Tarife von allen heraus suchen und mir ein neues Versicherungspaket anbieten.

Wow, das fand ich total nett von Rolant und tatsächlich waren am Ende meine

Versicherungsbeiträge auch um einige Deutsche Mark geringer. Dabei musste ich aber feststellen, dass die Leistungen im Schadensfall ein bisschen anders und die eingezahlten Beiträge in bisherige Lebensversicherungen oder Rentenversicherungen einfach mal futsch waren. Aber dafür hatte ich wieder Übersicht über meine Versichertheit, was ja auch nicht schlecht war. Außerdem hatte unser neuer Versicherungsheini eine Bank gefunden, die uns unser Haus finanzieren würde.

Ich wunderte mich nur, dass diese Finanzierung durch zwei dicke Lebensversicherungen abgesichert werden musste, aber das war mir dann auch irgendwie egal.

Rolant hatte Ordnung in meinen Versicherungsordner gebracht und ich hatte inzwischen auch die Fliesenarbeiten in seinem neuen Haus abgeschlossen, welches er auch mit einer großen Party einweihte.

Als ich ihn an diesem Abend kurz auf die Bezahlung meiner fälligen Rechnung ansprach, winkte er nur lässig mit der Hand.

»Ich komme morgen vorbei Kay. Und übrigens, eine Rechnung brauche ich nicht. Du verstehst, was ich meine.«

Natürlich kam Rolant am nächsten Tag nicht, auch am übernächsten Tag und auch die folgenden drei Wochen später nicht. Auf telefonische Nachfrage erfuhr ich dann, dass er einen schweren Unfall hatte und im Koma lag.

Ein paar Monate vergingen bevor er wieder gesund wurde, doch auf die Bezahlung meiner Rechnung wartete ich vergeblich. Da half auch kein Mahn- und Vollstreckungsbescheid. Am Ende hatte ich aber eine Finanzierungszusage für unser neues Bauvorhaben »Das eigene Haus« und so geriet Rolant, samt seinen Schulden, irgendwann in Vergessenheit. Dabei war er eigentlich ein netter Kerl.

Das Fetenhaus am Rande der Stadt

Ich war jetzt 24 Jahre alt und zweifacher Vater, denn der Geburt meines Sohnes folgte zwei Jahre später die Geburt meiner Tochter. Während der Kinderwagen unseres Sohnes Paul noch neben dem Trommelmischer bei der Sanierung des kleinen Büro-Fachwerkhauses stand, parkte der handbetriebene Allrad unserer kleinen Prinzessin Marie nun vor dem Rohbau unseres neuen zu Hauses.

Dass der Tag der Geburt unserer Tochter ähnlich anstrengend war, wie der unseres Sohnes, brauche ich wohl nicht zu erwähnen.

Die Pläne für unser Haus waren von uns selbst entworfen. Sie wurden von einem Architekten in die richtige Form gebracht und letztendlich beim Bauamt eingereicht.

Die Fundamente und ersten Grundmauern standen schon, als vor unserem Grundstück ein Auto hielt und sich ein wohlbeleibter Mann aus der Autotür quetschte.

»Guten Tag. Zeigen sie doch mal bitte ihre Baugenehmigung.«

Wir hatten uns inzwischen auch einen Hund angeschafft und Berni, so hieß der kaukasische Schäferhund, ließ den Mann spüren, dass er ihn nicht sonderlich mochte. Er stellte sich vor ihm hin und starrte ihn mit glühenden Augen an.

Ich grübelte, wer das Dickerchen sein mag und antwortete eher fragend.

»Auf die Baugenehmigung warten wir leider noch. Doch normalerweise dürfte es da keine Probleme geben.«

Der dicke Mann lächelte hochnäsig, ohne dabei unseren Hund aus den Augen zu lassen.

»Ich weiß! Der Antrag liegt seit ein paar Wochen bei mir auf dem Schreibtisch.«

Für mich war der Fall glasklar. Da stand ein Beamter vor mir. Ich überlegte kurz und rief die Chefin zur Hilfe.

Sie konnte ein schreckliches Biest sein doch, wenn sie wollte, konnte sie jemanden auch um den Finger wickeln.

Es dauerte vier Kaffeelängen, bis sich der dicke Baubeamte wieder von seinem vorher angebotenen Stuhl erhob und schwitzend unser Büro verließ.

»Ich stecke ihre Baugenehmigung noch heute in die Post. Wir wollen doch solch jungen Leuten keine Steine in den Weg legen.«

So ging unser Bau flott voran und nach insgesamt 10 Monaten Bauzeit konnten wir in unser neues Heim einziehen.

Auf der Zeichnung sah das alles gar nicht so groß aus, doch als wir nun in unserem Wohnzimmer saßen, war da verblüffenderweise eine Menge Platz. Insgesamt 240 Quadratmeter Wohnfläche auf zwei Etagen für eine vierköpfige Familie waren entstanden. Hatten wir uns da vielleicht ein wenig verplant?

Die Großzügigkeit hatte aber einen entscheidenden Vorteil. Wenn ein Fest ins Haus stand, und das war nicht gerade selten der Fall, hatten wir genügend Freiraum für ausreichend Bewegungsfreiheit eines jeden einzelnen Gastes.

Freitag war der Tag, an dem das Wochenende eingeläutet wurde und schnell wurde es zur Gewohnheit, dass wir uns dazu mit unseren Freunden in unserer ebenso großräumig angelegten Küche trafen. Es kam nicht selten vor, dass ich am späten Freitag Nachmittag von der Baustelle kam und dort schon ausgelassene Wochenendstimmung herrschte. Chrischi, Jense, Franki, Ixi, Dröni, alle waren sie schon da.

Auch wenn ich am folgenden Samstag oft arbeiten musste, ließ ich mich gerne von der Partystimmung anstecken und freute mich auf den schweren Kopf am nächsten Morgen und den dazugehörigen, kräftezehrenden Arbeitstag.

Wir waren jung und trotzdem wir viel arbeiteten, ließen wir doch keine Gelegenheit zum Feste feiern aus.

Da war zum Beispiel Seppl, ein guter Freund, der eigentlich nicht in unserer Nähe wohnte, uns aber doch regelmäßig besuchte. Wenn Seppl kam, brachte er immer etwas mit. Normal waren das eine Kiste Bier oder ein paar Flaschen Fruchtwein. Doch er konnte auch mal mit ein paar Gramm Schitt überraschen oder 10 Litern selbst angesetztem Reiswein.

Das Schitt wurde dann sofort zu leichtem Knabbergebäck verarbeitet und der Reiswein gab Anlass, schnellstens eine Reisweinparty einzuberufen. Oh Mann, war das ein Spaß. Nicht dass wir den Reiswein getrunken hätten, denn dieser schmeckte kurz gesagt scheußlich, sondern es stellte sich heraus, dass das Gesöff ein hervorragendes Gleitmittel war.

In unserem Haus hatten wir eine kleine Galerie, mit Blick ins Treppenauge. Eine gemütliche Bar war am Rande dieser Galerie, von der aus ein langer Flur an der Tür zum Gästezimmer endete und dieser Flur war ungefähr 6 Meter lang.

Ich weiß nicht wie es dazu kam, aber irgendwie rutschte einer unserer Gäste auf den glatten Fliesen im Flur aus. Ich habe auch keine Ahnung, ob es an dem Knabbergebäck lag oder es einfach wirklich lustig war. Jedenfalls war es so komisch, dass wir nun alle wie wild auf den Fliesen umher rutschten.

Doch diese waren einfach noch nicht glatt genug und so kam der 10 Liter Kanister Reiswein ins Spiel. Erst ein paar Tropfen zum schmieren, dann ein paar Gläser mehr und zu guter Letzt die ganze Rest der 10 Liter. Jetzt konnten wir den ganzen 6 Meter langen Flur ohne Geschwindigkeitsverlust lang rutschen, bevor wir dann auf dem Teppichboden des Gästezimmer abrupt abgebremst wurden.

Das Rutschen auf den Füßen war irgendwann langweilig und so ging es dann auf den Knien, dem Arsch oder Bauch weiter. Dabei spritzte der Reiswein in alle Richtungen und bald waren alle Anwesenden reisweinrutschinfiziert.

Ich hatte an diesem Tag eine neue schwarze Jeanshose an. Ein Umstand der mir erst bei der, am nächsten Morgen folgenden, Schadensbegutachtung in unserem Haus bewusst wurde.

Die Schäden hielten sich eigentlich in Grenzen. Es musste zwar eine komplette Grundreinigung durchgeführt werden und die Reisweinrutschpartie hatte ein paar kleinere, irreparable Bremsspuren auf dem Teppichboden im Gästezimmer hinterlassen, aber ansonsten war ich überrascht, dass nicht mehr Dinge Seppl's Reiswein zum Opfer gefallen waren. Na ja, außer den grauschwarzen Färbungen in Gesäßhöhe, auf der weiß gestrichenen Raufasertapete. Und das gleichmäßig an allen Wänden der gesamten Galerie und Bar, des Flures und dem Gästezimmer.

Erst wusste ich nicht woher diese Abdrücke kamen. Bis mir meine neue schwarze Jeans ins Auge fiel, die zum Trocknen über dem Geländer baumelte. Der Reiswein hatte wohl die schwarze Farbe meiner neuen Hose angetaut und durch den Umstand, dass ich den vorbeirauschenden Reisweinsportlern Platz machen musste, drückte ich mich, samt meines Allerwertesten, automatisch an die Wand und hinterließ so einen bleibenden Abdruck.

Egal ich war froh, dass niemand verletzt war und dass unser Haus in den Grundmauern noch stand.

Dass unser Heim einen idealen Ort zum Feiern hergab, stellten wir eigentlich schon bei der Einweihungsparty fest. Die Bude war voll und eine Menge Leute waren gekommen. Dass noch ein paar Kleinigkeiten, wie zum Beispiel das Treppengeländer, der Außenputz oder ein paar Fenstergriffe fehlten, störte niemanden und tat der Stimmung keinen Abbruch.

Eine angezettelte Polonaise durchs Haus führte ins Wohnzimmer, Schlafzimmer, Küche und dann die Treppe hinauf in die Galerie und die beiden Kinderzimmer, bevor es die Treppe wieder hinunter ging. Die Polonaise war nicht gerade kurz und so kam es, dass die Tanzschlange plötzlich die Treppe hoch und gleichzeitig die Treppe runter zischte. Nicht ganz ungefährlich, wenn man bedenkt, dass das Treppengeländer noch fehlte.

Es wurde ausgiebig gefeiert und erst in den frühen Morgenstunden kehrte langsam Ruhe in unsere neuen vier Wände.

»Komm Schatz, wir gehen ins Bett. Aufräumen machen wir morgen.«

Am nächsten Morgen schlug ich meine Augen auf und freute mich, dass ich in unserem Bett lag. Alles schien so friedlich und auch meine Frau lag neben mir und schlief noch tief und fest. Ich schlich mich aus dem Schlafzimmer ins Bad und schlüpfte in meine Sonntagsschlabberjogginghose. Als ich aus dem Bad kam knirschte es unter den Gummisohlen meiner Hausschlappen.

»Was ist das?«

Vorm Badezimmer war der gesamte Fußboden mit weißem Pulver bedeckt und es roch irgendwie nach Blumen. Ich schaute in die Küche. Auf dem Küchentresen standen die leeren Teller des kalten Buffets. Nichts war übrig geblieben, alles war leer gefuttert, bis auf eine Schüssel. Es fiel mir auch gleich wieder ein, was das war. Irgendwer hatte am Vorabend den Sack mit dem Hundefutter in der Abstellkammer entdeckt und dieses geschmackvoll angerichtet und als kleinen Snack für zwischendurch, auf den Tisch gestellt. Ich glaube das kam gar nicht so schlecht an. Ich griff in die Schüssel und kostete.

»Hm, ein bisschen bissfest, geschmacklich wie Bratwurst und unwahrscheinlich sättigend.«

Ich nahm die Schüssel und brachte sie zu unserem Berni, der mich freudig begrüßte. Ich streichelte den riesigen Kuschelhund und mein Blick fiel auf unseren Briefkasten, Eigentlich hatte ich mir vorgenommen einen Bürotag einzulegen. Doch diesen Gedanken gelang es mir abzuschütteln.

Ich guckte in die Speisekammer und hoffte dass da noch Bier steht. Welch Glück, es war noch welches da. Das Bier wird helfen und ich machte weiter mit meiner Hausinspektion.

»Wieso zum Teufel, hängen dort Socken an der Wand?«

Als ich diese von der Wand rupfte, fielen sie auf den Boden. Auch hier war alles voller weißem Pulver. Ich lehnte mich an die Glasplatte unseres Wohnzimmertisches und schaute in die Runde.

»Mann, oh Mann, was war hier bloß los gestern?«

Als ich dann die Klobrille, unter einem auf dem Kopf stehenden Korbsessel entdeckte, nahm ich erst einmal einen großen Schluck aus der Bierflasche. Ich wollte mir die Sache vom Nahen anschauen, doch die Glasplatte unseres Wohnzimmertisches hielt mich fest.

»Kirschlikör!« schoss es mir sofort in den Sinn. Mit ein paar Kniffen befreite ich mich von der Glasplatte. Noch bevor ich zur Klobrille ging, checkte ich, ob die Glasplatte des

Wohnzimmertisches keinen Schaden genommen hatte. Dabei fielen mir die vier kleinen Kerzenständer auf, die mit dem Fuß nach oben auf dem Tisch standen.

Der Versuch einen davon umzudrehen, scheiterte an der unwahrscheinlichen Klebkraft von Kirschlikör und mit dem Kerzenständer hob sich die gesamte Glasplatte.

»Da hilft nur einweichen.«

Mit Fragezeichen in den Augen, guckte ich auf die Kerzenständer. Ganz langsam kam die Erinnerung. Die Schnapsgläser waren alle unterwegs und Kirschlikör aus der Flasche trinken sieht nicht fein aus. Also wurden die Kerzenständer kurzer Hand umgedreht und der Fuß mit Kirschlikör gefüllt.

»Das Rätsel hatte ich also schon mal gelöst.«

Bevor ich mich nun dem Klodeckel widmete, holte ich mir noch ein Fläschchen Bier aus der Speisekammer.

»Hey, da liegt ja noch jemand unter dem Korbsessel.«

Achel bewegte sich langsam und stöhnte ein leises »Guten Morgen Kay«.

Eigentlich war es rein physikalisch unmöglich mit diesem Korbsessel umzukippen, doch mein Kumpel Achel hatte es irgendwie geschafft. Ich stand da, nippte an meiner Bierflasche und beobachtete wie der Verunfallte langsam unter seiner Behausung hervorkroch.

»Hier trink erst Mal ein Schluck..........wieso liegst du unter meinem Korbsessel und wieso, um alles in der Welt, schläfst du mit unserer Klobrille?«

Achel konnte sich das auch nicht erklären und zuckte nur mit den Schultern. Dann saßen wir beide schweigend auf der Kirschlikörglasplatte und schlürften unser Bier.

»Oh Mann.!«

»Das kannste laut sagen. Weißt du was das für weißes Zeug das hier überall ist?«

»Chrischi war das gestern einfach zu glatt auf deinen Fliesen. Und da hat er dein Waschpulver in der Waschküche gefunden. Na ja und dann hat er eben gestreut.«

»Ach so???...Prost!«

Bauarbeiter wie du und ich

Meine Meisterschule hatte ich mit Bravour bestanden und konnte meine Firma ab diesem Tag Meisterbetrieb nennen, was außer dem Schriftzug keine großen Veränderungen brachte. Mein kleines Unternehmen zählte nun sechs Fliesenleger und da ich mit dem Erhalt des Meisterbriefes auch Lehrlinge ausbilden durfte, standen dazu noch drei Stifte auf meinen Baustellen.

Die Auftragslage war nicht mehr ganz so rosig, wie noch in den Jahren kurz nach der Wende und verlangte eine Menge Flexibilität von meinen Jungs. Weite Anfahrtswege zum Arbeitsplatz von 2 Stunden waren da keine Seltenheit mehr.

Doch ich hatte eine dufte Truppe und Beschwerden ihrerseits gab's so gut wie nie. Auch wenn ich selbst viel unterwegs war, um Aufträge ran zu schaffen, war ich doch am liebsten an der Front auf der Baustelle bei meinen Jungs und damit mittendrin im Bauarbeiterleben. Denn das war es, was ich liebte und was ja auch meine Berufung war.

Die Sanierung von 240 Badfußböden eines Hotels standen auf dem Plan. Eigentlich ein Auftrag der kaum aus der Buchhaltung zu radieren war. Doch der Auftraggeber zahlte bar und wollte auch keine Rechnung. Ich weiß nicht, wie er das mit seinem Gewissen und dem Finanzamt vereinbaren konnte, aber ich hatte dadurch, dass ich keinen Materialaufwand hatte und nur Arbeitsleistung erbrachte, keine Gewissensbisse und schon gar keine Probleme mit dem Auffüllen des schwarzen Geldsäckchens.

Draußen herrschte dichtes Schneetreiben. Wir waren drinnen und da die Heizungsanlage des Hotels schon lief, hatten wir auch angenehme Arbeitstemperaturen. Die Arbeit war Routine, aber der Aspekt, dass die Fliesen mit Epoxidharzkleber verlegt werden sollten, erschwerte die Sache etwas.

Ich schaute in den langen Flur der dritten Etage, als ich Gorden, zu diesem Zeitpunkt Lehrling in meiner Firma, sah und beobachtete wie er gerade einen Eimer Kleber anrühren wollte. Dicht bei ihm stand sein Leidensgenosse Stief der sich mit Steff und Tommes über die Flippers und ihre größten Hits unterhielt.

»Halt Gorden! Den Eimer muss jemand festhalten wenn du rührst. Das Teufelszeug (zweikomponentiger Epoxidharzkleber) klebt wie Hupatz und das könnte problematisch werden.«

»Was ist denn Hupatz?«

Noch bevor ich Gorden antworten konnte, lief der Motor des Rührers an und der Quirl versuchte die Erwartungen an 1600 Umdrehungen pro Minute zu erfüllen. Ich war entzückt über meine Reaktion, denn von einem Moment zum anderen stand ich in einer sichern Nische des langen Flures und verfolgte aus einiger Entfernung die Geschehnisse.

Gorden hatte den Eimer zwischen seinen Beinen und merkte sichtlich irritiert, wie sich die 20 Liter fassende Blechbüchse langsam aus seiner Gewalt befreite und den Drehungen des Rührstabes folgen wollte. Und dann war es auch schon zu spät. Des Lehrlings Wadenbeinumklammerung hielt den hinterlistigen Rotationskräften nicht mehr stand und Rührwerk nebst Eimer gerieten völlig außer Kontrolle.

Nach 30 Sekunden war alles vorbei. Der Eimer und das Rührgerät lagen erschöpft am Boden. Von der Decke zogen dicke Epoxidharztropfen lange Fäden. Die vor einem Moment noch aalglatten Betonwände glichen nun Omas Streußelkuchen und der Fußboden sah aus, wie nach einer Puddingschlacht auf einem Kindergeburtstag.

Doch nicht nur der Flur der dritten Etage war arg in Mitleidenschaft gezogen worden, sondern auch Gorden, Stief, Steff und Tommes schauten verdattert aus den, mit Epoxidharz verklebten, Augen.

»Chef, wir brauchen neue Arbeitsklamotten.«

Während sich die Vier nun auf den Weg machten um beim nächsten Berufsbekleidungsgeschäft einzufallen, fing der zwei-komponentige Kleber an, chemisch zu reagieren. Die dabei entstehende Hitze zwang meine Jungs, noch auf dem Vorhof des Hotels, sich ihrer verklebten Latzhosen zu entledigen. Der Kleber war aber inzwischen so hart, dass die Hosenbeine steif wie 150-er Abflussrohre waren und nur noch Stiefs Taschenmesser half, diese von den edlen, weißen Fliesenlegerbeinen zu trennen.

Und dann standen die Vier da. In Stringarbeitslatzhosen, Unterhemd und Socken. Das bei Schneegestöber und kühlen fünf Grad unter Null.

Ich hätte gern in der Berufsbekleidungsboutique Mäuschen gespielt, doch irgendwer musste ja die entstandene Sauerei wieder beseitigen, bevor diese der Bauleiter oder gar der Architekt mitbekommen.

Den Fußboden schaffte ich noch vor Ende der Reaktionszeit des Klebers zu säubern, aber bei Decke und Wänden ließ mir der schnelle Härtungsprozess des chemischen Teufelszeug keine Chance.

Doch das Glück des Tüchtigen war auf meiner Seite, denn anscheinend konnte einige Tage später niemand eine Erklärung für diese seltsamen Beulen und Pickel an Decke und Wänden im Flur der dritten Etage finden. So hatten die Maler einfach mal zwei Wochen länger zu tun.

In neuen Arbeitshosen und frisch gesäubert standen dann meine Jungs am frühen Nachmittag wieder vor mir.

»Der Tag ist gelaufen. Kommt wir machen Feierabend und wenn mich nicht alles täuscht, steht in unserer Unterkunft noch eine halbe Kiste Bier.«

Später holten wir noch eine zweite und dritte Kiste.

Ich saß neben Gorden und unsere Flaschen klimperten zusammen.

»Prost! Also, um nochmal darauf zurück zu kommen was Hupatz ist.

Hupatz ist ein Synonym für den Wiedehopf, einem hübschen kleinen Vogel, der einfach gesagt, seine Feinde mit seinem Kot verscheucht. Und dieser Kot stinkt und klebt. So, wie eben Epoxidharzkleber.«

Jede Baustelle hatte ihre besondere Geschichte, aber auch jeder meiner Jungs hatte sein eigenes Steckenpferd.

Da war zum Beispiel Romain. Leidenschaftlicher Fußballer, der beim Spargelessen immer die Köpfe an den Tellerrand schob. Beim ersten Mal dachte ich: »Oh guck mal Kay, der hebt sich die Köpfe auch immer für den Schluss auf.«

Aber denkste, als unsere Teller abgeräumt wurden, lagen die Köpfe immer noch auf seinem und verschwanden mit in der Küche. Es ist sehr schwer zu erklären, aber Romain mochte einfach keine Spargelköpfe.

Oder Heinz, er war unser Mann für Alles. Seine Leidenschaft waren die Flippers. Wenn Heinz auf der Baustelle war, gab es nur zwei Kassetten im Player. »Die Flippers - ihre größten Hits« und »Die Flippers - ihre größten

Erfolge«. Unsere Brigade hatte sich langsam daran gewöhnt und ich erwischte mich sogar manchmal dabei, als ich leise mit pfiff. Schwer hatten es dagegen die anderen Handwerker, die sich mit auf unseren Baustellen vergnügten.

Ich glaube es war ein Elektriker, der nach vier Tagen Flipperhitparade entnervt von seiner Leiter stieg, sein Werkzeugeimer fallen ließ und sagte: »Ich halt das nicht mehr aus.«

Dann verschwand er wie hypnotisiert von der Bildfläche und ward seit diesem Tag nicht mehr auf der Baustelle gesehen.

Tommes war unser Zuspätkommerchampion. Obwohl man das eigentlich nicht so nennen konnte, denn er kam nicht zu spät, sonder einfach nur 10 Minuten anders. Wenn wir uns um 7.00Uhr treffen wollten, konnte man damit rechnen, dass Tommes 7.10 Uhr eintraf. Also so gesehen auch irgendwie pünktlich. Fantastisch waren dann immer die Ausreden, wobei meistens seine Autoschlüssel eine Rolle spielten. Wo die überall schon gelegen haben? Vogelkäfig, Eisfach oder die Federtasche der Tochter. Einfach überall da, wo Autoschlüssel eigentlich nicht liegen.

Oder Peter, der eigentlich gar nicht Peter hieß, aber eigentlich doch. Sein Vater hatte beim Standesamt einfach den Namen verwechselt und so stand in seinem Ausweis ein anderer Name als der, auf den er hörte. »Wenn da mal beim Papa nicht ein paar lecker Bierchen im Spiel waren.«

Es war eine erlebnisreiche und schöne Zeit mit meinen Kachelgöttern, doch schon bald sollte der Tag kommen, als alles anders wurde.

Gute Zeiten, schlechte Zeiten

Es war Sonntag und ich hatte endlich mal wieder die Muße mich in mein Büro zu flegeln und den Papierkram zu erledigen.

Ich sortierte die Schlechtelaunebriefe von den Gutelaunebriefe. Mir fiel auf, dass der Stapel der Schlechtelaunebriefe bedeutend höher war, als der Gutelaunestapel. Also packte ich einfach die Werbebroschüren mit zum Gutelaunebriefberg. Das passte dann wieder.

Obwohl ich im Gutelaunebriefstapel einen Brief entdeckte, auf den ich schon lange gewartet hatte, beschloss ich an diesem Sonntag, einfach mal vor den guten, die bösen Briefen zu öffnen und zu lesen. Ich holte mir eine Flasche Bier und tauchte ein in die Welt der Rechnungen, Verspätungszuschläge, Mahnungen, Säumniszuschläge und Schätzungen.

»Wieso eigentlich Schätzungen? Da hat doch tatsächlich jemand einfach meine zu entrichtende Umsatzsteuer geschätzt.«

Eine Frechheit, wie ich fand. Ich gehe ja auch nicht zu meinen Kunden und schätze was die bezahlen sollen. Na gut, vielleicht war ich mit meiner Umsatzsteuervoranmeldung auch etwas hinten dran.

Dann waren die Briefe von der Bank an der Reihe. Das Blättern in meinen Kontoauszügen machte keine Freude. Alle Zahlen rot und die Redensart, ich sehe nur noch rot, hatte endlich eine Bedeutung für mich.

Die Umschläge mit den Mahnungen landeten an diesem Tag allesamt in der großen, runden, tiefen Ablage, direkt unter dem Schreibtisch. Die können warten, denn es gab Wichtigeres. Zum Beispiel die Besuche der bevorstehenden Woche und die damit verbundenen, finanziellen Transaktionen.

Ich schrieb mir die Termine für die Anmeldungen der Vollstrecker in meinen Kalender. Gerichtsvollzieher am Dienstag 16.00Uhr. Eintreiber der Krankenkasse gleich im Anschluss um 17.00Uhr.

»Das passt, die bekommen dann den zweiten Aufguss vom Kaffee.«

Der nette Beamte vom Finanzamt, Freitagnachmittag.

»Schitt, dann ist das kommende Wochenende auch wieder versaut.«

Ich saß in meinem Bürostuhl, starrte Löcher in die Decke und nippte den letzten

Schluck aus meiner Flasche Bier. Die Chefin kam zu mir und hatte eine frische Flasche in der Hand.

»Ich dachte du hättest vielleicht noch Durst?«

»Schatzili, das sieht alles nicht gut aus. Alle wollen unser Geld. Aber irgendwie reicht das hinten und vorne nicht. Ich weiß nicht woran das liegt.«

Sie korkte mir das mitgebrachte Bier auf und schob mir die Flasche über den Schreibtisch.

»Alles wird gut. Es kommen auch wieder bessere Zeiten.«

Ich versank in meinen Gedanken, als ich noch allein und ohne Mitarbeiter in den Bädern der Republik unterwegs war. Da kannte ich keine Geldsorgen. Jetzt waren die Aufträge größer, die Belegschaft erheblich gewachsen und der Umsatz um ein vielfaches gestiegen. Und trotzdem blieb am Ende kaum etwas übrig. Die Preise erhöhen ging nicht, denn der Markt war hart umkämpft und eine Preiserhöhung hätte leere Seiten im Auftragsbuch gebracht. Und um Leute zu entlassen, war ich zu sozial. Schließlich waren wir wie eine Familie.

Ich schaute aus dem Bürofenster auf unser neues Haus.

»War das vielleicht der Grund allen Übels? Nein, andere bauen auch ein Haus und können sich trotzdem noch Butter auf die Stulle schmieren.«

In diesem Moment kippte der Schlechtelaunebriefstapel aus seinem viel zu kleinen Postfach. Ich schaute auf den Boden, wo sich nun die ganze Post verteilt hatte.

»War der Grund für meine Misere etwa meine Schlampigkeit in meiner Postablage oder gar Buchhaltung? Ich hatte doch eigentlich alles gut sortiert.«

Fand ich jedenfalls.

Hm, ich nahm ein Schluck aus der frischen Bierflasche und wühlte im Stapel meiner offenen Forderungen. Vielleicht gab´s da ja irgendein Lichtblick.

Da war dieses Ehepaar aus dem Nachbardorf, er Zahnarzt, sie Lehrerin. Mein Lehrmeister hatte immer gesagt: »Männer, wenn ihr später in die Welt zieht, nehmt euch eins zu Herzen. Arbeitet niemals für Kneiper, Lehrer, Zahnärzte, Rechtsanwälte oder Notare.«

Jetzt wusste ich was er meinte, denn die Konstellation Ehepaar, Zahnarzt, Lehrer war tatsächlich absolut unvorteilhaft. Die beiden hatten es verstanden, mich so zu verarschen, dass am Ende ihr Eigenheim fertig gefliest, aber bei mir kein Geld auf dem Konto war.

Na klar, jetzt hätte ich den Weg über das Gericht gehen können, doch dafür fehlte mir einfach das Polster unter meinem Kopfkissen. Also, erst mal ab zu den Akten.

Ich dachte an meinen Lehrmeister und daran was er doch für ein weiser Mann war.

Dann fiel mir die Rechnung an die Notarin unseres Vertrauens in die Hände. Für sie hatten wir nicht direkt gearbeitet, sondern fliesten ihr Einfamilienhaus als Subunternehmer eines großen Bauträgers. Ein paar Extrawünsche an Material musste sie aber an uns, ohne Umwege, bezahlen und diese Auflistung lag nun vor mir.

Ich musste schmunzeln, denn diese Forderung konnte schon eine eigene, kleine Geschichte erzählen und ich überlegte, wie das doch gleich noch war.

Die besagte Notarin litt, meines Erachtens nach, an Alzheimer, denn sie behauptete, dass ihr Niemand etwas von einem Mehrpreis, des von ihr ausgesuchten Materials, gesagt hatte.

Als wir merkten, dass sich die Notarin nur um die Bezahlung drücken wollte, ergriffen wir Gegenmaßnahmen.

Wir brauchten zu dieser Zeit einen Vertreter ihrer Berufsgruppe für ein beglaubigtes Schriftstück. Für uns war klar, dass wir dazu besagte Notarin wählen und sie so ihre Schulden an uns gegen ihre Forderung verrechnen kann.

Aber denkste Puppe. Zwei Wochen nach dem Notartermin hatten wir ihre Rechnung im Briefkasten und weitere zwei Wochen später schon den ersten Mahnbescheid, wobei sie unseren Vorschlag der Verrechnung unserer beider Forderungen schlichtweg ignorierte.

Wir mussten also handeln und da kam mir eine geniale Idee. Ich fuhr zur Bank und holte 2000,-Mark von meinem Konto, was mich an die Grenze meines Dispokredites brachte.

»Alles in 10,-Markscheinen bitte.«

»Helmut« steuerte unseren (Flucht-)Wagen und kurz nachdem ich das Geld vom Konto abgezweigt hatte, waren wir damit auf dem Weg zum Büro unserer Notarin.

»Lass den Motor laufen. Ich bin gleich wieder da.«

Ich nahm das Bündel Scheine und marschierte in die heiligen Hallen der bösen

Frau. Im Vorzimmer wurde ich von der Sekretärin empfangen.

»Ich möchte meine Rechnung bezahlen.«

Die Chefin im Hinterzimmer hörte mich anscheinend und eilte schnell herbei. Grinsend verlangte sie von ihrer Sekretärin einen Quittungsblock aus einer Schublade und ich sah, wie ihr ein dicker Klumpen des Triumphs den Hals runterrutschte.

In der Zeit, in der sie nun meine Quittung ausfüllte, begann ich ihr mein Bund 10,- Markscheine vor zu zählen. Dann lag die fertige Quittung unterschrieben vor mir auf dem Kundentresen und das Weib blickte gierig auf den Stapel Geldscheine.

Ich schnappte mir die Quittung und schob den Geldhaufen in ihre Richtung, ohne die Hand davon zu lassen.

»So, damit ist ihre Rechnung bezahlt ..., und oh guck, ich habe hier auch noch eine offene Rechnung. Ups, dann nehme ich mal gleich das Geld wieder zurück und die Forderung von mir an sie ist damit auch beglichen. Na das ist doch super, oder? Hier ist meine Quittung«

Meine Rechnung war zwar ein wenig höher, als die der Schreiberin, aber das war mir in dieser Situation total egal und ich glaube auch nicht, dass die Tante mir den Fehlbetrag noch dazu gegebene hätte.

Ich merkte genau, die schlaue Notarin verstand nicht gleich, was in diesem Moment abging. Ich nutzte den Moment ihrer Verwirrung, machte auf dem Hacken eine schnelle Drehung und huschte, mit Geld und Zahlungsbeleg, zur Tür hinaus. Ich hörte noch wie im Treppenflur ihre Pumps klapperten, während sie irgendetwas von Polizei schrie und dann saß ich auch schon bei meiner Frau im Auto.

»Los, gib Gas.«

Eine viertel Stunde später kamen wir zu Hause an.

»Wow, das war cool. Wie Bonnie und Clyde.«

Unsere Haustür klappte gerade zu, da kam auch schon ein Einsatzwagen der Polizei, mit Blaulicht durch unsere Einfahrt gefahren.

Die zwei Beamten waren eigentlich recht umgänglich und erklärten mir, dass gegen mich eine Anzeige wegen Diebstahls vorliege. Als ich ihnen meine Variante des Vorfalles schilderte, schalteten sie das Blaulicht ab und verabschiedeten sich freundlich.

»Das ist eine zivilrechtliche Sache. Damit haben wir erst einmal nichts zu tun. Da wird wohl ein Richter eine Entscheidung treffen müssen. Einen schönen Abend noch.«

War das jetzt eine Form von Selbstjustiz? Und befand ich mich im Recht mit meiner eigenwilligen Vorgehensweise des Geldeintreibens?

Ich brauchte mir nicht lange über diese Fragen Gedanken machen, denn drei Wochen nach diesem Ereignis stand der Pannemann, sprich Gerichtsvollzieher bei mir vor der Haustür und hatte einen Vollstreckungsbescheid über die Forderung der dusseligen Notarin.

Ich weiß nicht wie die blöde Kuh so schnell einen Titel gegen mich erwirken konnte, aber der Gerichtsvollzieher saß nun in unserer Küche, wobei sein Erscheinen für mich doch sehr fragwürdig war.

Denn warum ließ der Typ überhaupt nicht mit sich reden oder verhandeln? Und warum nimmt der, wie sonst immer, keine Ratenzahlungsvorschläge an? Auf diese Fragen konnte es nur eine Antwort geben. Der Kumpel musste ein Verhältnis mit der Tussi haben.

Aber am Ende musste er doch klein bei geben, als ich ihm die Quittung unter die Nase hielt, die besagte dass die Forderung komplett bezahlt war. Und zweimal durfte selbst er nicht abkassieren und musste mit leeren Taschen wieder von dannen ziehen.

Ich schlürfte an meiner Bierflasche und befand, dass es genug war mit schlechter Laune für diesen Tag. Zeit für die gute Post. Ich ließ den Schlechtelaunebriefstapel auf dem Boden liegen und widmete mich dem angenehmen Schriftverkehr.

Da ist er endlich, der lang versprochene Brief des Natursteinhändlers, für den wir als Subunternehmer in der Oberfinanzdirektion Magdeburg Marmor verlegten. Ein darin befindliche Scheck sollte meinem Bankkonto wohltuende Entspannung verschaffen und mit gewisser Vorfreuden öffnete ich den Umschlag.

»Es tut uns leid, ihnen mitteilen zu müssen, dass unser Unternehmen die Insolvenz anmelden musste.

Des weiteren bieten wir ihnen eine außergerichtlichen Einigung und eine Zahlung von zehn Prozent ihrer Forderung an. Einen Scheck in besagter Höhe haben wir dem Anschreiben beigelegt.«

Im Visier des Pleitegeiers

Meine dunkelblaue, kunstlederne, mit vielen unnützen, goldenen Reißverschlüssen versehene Reisetasche hatte ich immer noch. Mit ihr startete ich, vor über zehn Jahren, in meine Fliesenlegerkarriere und nun diente sie immerhin noch als Werkzeugtasche. Doch sie hatte schon mächtig gelitten und ihre besten Zeiten waren längst vorbei. Auch bei mir schienen die guten Zeiten in weite Ferne gerückt, denn über mir und mein kleines Unternehmen kreiste seit einigen Monaten der Pleitegeier. Er schwebte so dicht über meine Fliesenlegermütze, dass ich ihm seine Krallen hätte beschneiden können und mir sein stinkender Atem jedem Tag aufs neue durch die Nase wehte.

Der Arbeitstag hatte sechzehn Stunden und ich verlor nicht die Hoffnung mein kleines Unternehmen zu retten. Ich versuchte nach Außen den Schein zu wahren und mir nichts von einer drohenden Insolvenz anmerken zu lassen. Natürlich rochen meine Angestellten den Braten und obwohl ich mit den

Lohnzahlungen immer hinterherhinkte, hielten sie zu mir und gaben alle ihr Bestes.

Ich hatte keine Zeit mehr für meine Familie und meine süßen Kinder, Paul und Marie, sahen mich nur noch an den Wochenenden.

Meine Frau, half mir wo sie nur konnte und trotzdem entfernten wir uns immer weiter von einander.

Den Zahlungsausfall für die Arbeiten, bei der Oberfinanzdirektion in Magdeburg, hatte ich nicht verkraften können.

Ach ja, die Oberfinanzdirektion Magdeburg, ein Prunkbau des Finanzamtes der mich immer wieder zum Grübeln brachte. Die Treppenhäuser waren mit feinstem Marmor verkleidet und hatten etwas herrschaftliches an sich. An der Außenfassade wurden Runde Bleche angeschraubt, die aussahen wie Satellitenantennen und man hätte denken können, dass jeder Beamte in seinem Büro sein eigenes Fernsehprogramm hat. Das nannten die Bauherren dann auch noch Kunst, welche natürlich dementsprechend honoriert wurde.

Auch der Eingangsbereich zu den heiligen Hallen der Oberfinanzdirektion war ein Kunstwerk. Hier hatte man den Boden mit Granit belegt, der vorher aus einer Bergwand geschnitten wurde und dann später, wie aus einem Stück, wieder zusammen gesetzt wurde. Das war für mich schon Kunst, doch war diese im Sinne der Steuerzahler?

Am schönsten fand ich aber die räumliche Aufteilung auf den einzelnen Fluren. Zwei Büroräumen folgte jeweils eine Teeküche und das auf sechs Etagen. Es versteckten sich also hinter einem Drittel der Finanzamtstüren eine Kaffee- und Teekochstation. Ist doch irre.

Um zwischen den Etagen mobil zu sein gab es natürlich jede Menge Fahrstühle. Auch ich fuhr einmal mit einem dieser Fahrstühle von einer Etage in die darüber liegende. Als sich die Fahrstuhltür schloss, merkte ich keine Bewegung. Ich dachte schon der Fahrstuhl wäre stecken geblieben oder kaputt, aber nein, die Tür öffnete sich dann doch nach ein paar Minuten wieder und ich befand mich tatsächlich ein Stockwerk höher. Der Fahrstuhl bewegte sich einfach nur gaaaanz langsam.

Doch Oberfinanzdirektion hin oder her, mir stand das Wasser bis zum Hals und ich drohte abzusaufen.

Dann kam schließlich, was kommen musste und in meinen Händen hielt ich den Bescheid auf Eröffnung des Konkursverfahrens.

Kurz gesagt, das war es dann. Zehn Jahre hatte ich gekachelt was das Zeug hielt, habe mir den Rücken krumm und die Kniescheiben porös geschubbert. Und wofür das alles?

An diesem Abend war ich allein unterwegs und zog durch die Kneipen der Stadt. So ein richtiger Vollrausch sollte es sein. Um zu vergessen und um das Hirn frei zu spülen.

Am Morgen danach ging es mir aber nicht besser. Meine Chefin war nicht da und auch die Kinderzimmer waren leer. Mein dicker Kopf blieb an fast allen Türrahmen hängen und unser Haus schien sich um mich zu drehen. Es klingelte an der Tür und zwei große Männer mit langen, schwarzen Lodenmänteln standen vor mir.

»Guten Morgen, wir kommen von der Bank und wollten uns mal das Haus anschauen.«

Ich ließ die beiden Bankhansels widerstandslos rein und kochte mir einen Kaffee. Die beiden dürren Lulatsche schlichen durch unsere vier Wände und schauten dann zu mir in die Küche.

»So, das war es auch schon. Vielen Dank. Sie bekommen dann von uns den Versteigerungstermin zugeschickt.«

Die beiden hatten sich gerade verabschiedet, da hörte ich erneut die Haustür klappen und meine Frau stand vor mir.

»Schatz, wir müssen reden.«

Ich glaubte, dass ich meine Frau als meine Frau schon lange verloren hatte, aber sie war immer noch mein Freund und die Mutter meiner Kinder. Und in diesem Moment tat es gut einen Freund zu haben, mit dem man reden konnte.

Den ganzen Vormittag saßen wir an unserem Küchentresen und während sonst »Helmut« ihre Worte loswerden musste, erzählte ich an diesem Morgen. Dann hatte ich meine Zunge fusselig gequasselt und die Lippen waren trocken.

Sie war verwundert.

»Kay, du kannst ja doch noch sprechen.«

Sie schaute mir tief in die Augen und natürlich kannte ich diesen Blick. Es war das gleiche Strahlen, wie damals, als sie mich zu unserem ersten Kuss rumkriegte.

»Ich hab dich immer noch lieb. Wir schaffen das und wir stehen das gemeinsam durch.«

Sie küsste mich auf meine vom Pleitegeier voll gekackte Stirn.

»Ich habe da auch schon eine Idee.«

Und weiter geht's

Was hatte ich doch für eine Angst vor der finanziellen Pleite und dem was da kommen mag. Doch als es soweit war, stellte ich fest, dass das Leben auch mit leerer Geldbörse irgendwie weiter geht.

Meine Chefin krempelte die Ärmel hoch und nahm das Ruder in die Hand. Sie wollte schnellstens eine neue Firma gründen, während mein altes Unternehmen immer noch arbeitete.

Ein Freund borgte uns für ein paar Tage das Geld, welches für die Gründung einer GmbH, mit der wir unsere weiteren Geschäfte abwickeln wollten, notwendig war. Eine Woche lang, lag dieses dann auf dem jungfräulichen Bankkonto unserer neuen Firma und es war kein schlechtes Gefühl, mal wieder schwarze Zahlen auf den Kontoauszügen zu sehen, auch wenn diese nur Schein waren.

Meine Frau war es dann, die als geschäftsführende Gesellschafterin unsere neue Firma repräsentierte und ich konnte wieder auf der Baustelle als Fliesenleger die Fahnen hoch halten.

Der Übergang vom Einzelunternehmen zur GmbH verlief fast unbemerkt. Alle bestehenden Aufträge wurden auf die neue Firma übertragen, unsere Angestellten bekamen frische Arbeitsverträge und ansonsten blieb fast alles beim Alten.

Meine Verbindlichkeiten blieben an meinem, zum Untergang verurteilten Einzelunternehmen, hängen. Beim Firmensitz änderte sich die Adresse, denn unser alter Standort sollte schließlich bald zwangsversteigert werden.

Für unsere zukünftigen Geschäftsräume fanden wir ein passendes Mietobjekt im Stadtzentrum von Salzwedel in welches wir schon bald einzogen.

Auch für uns und die Kinder, brauchten wir einen neuen Platz für Bett und Stuhl. Hier half uns die Familie meiner Frau und ein altes, sanierungsbedürftiges Fachwerkhaus wurde unser neues zu Hause.

Sanierungsbedürftig hieß in diesem Falle, es gab kein Badezimmer mit fließendem Wasser oder gar warmem Wasser, die Toilette befand sich im Garten und man musste aufpassen, dass der Allerwerteste sich keinen

Splitter an der Holzbrille des Plumpsklos einriss. Eine Küche war genauso Fehlanzeige wie eine funktionierende Heizungsanlage. Doch es war Sommer und so lebten wir die ersten zwei Monate der anstehenden Bauphase wie die Hippies in einem, von Freunden zur Verfügung gestellten, Wohnwagen, in dem Garten unseres neuen Heimes.

Dann kam der Tag der Zwangsversteigerung unseres Grundstücks und die Männer in den langen, schwarzen Lodenmänteln schacherten sich unser altes zu Hause, untereinander in ihre blitzblanken, zarten Bänkerhände.

Mein Konkurs fand endlich seinen Abschluss. Es war kein schöner Moment, als wir die Schlüssel der Haustür an die neuen Eigentümer übergeben mussten und ein letztes Mal von unserem Hof fuhren.

Was haben wir doch alles hier erlebt und wie viel Arbeit und Liebe steckte in den beiden Gebäuden und dem Grundstück, die nun nicht mehr uns gehörten. Doch dieses Kapitel war jetzt abgehakt und es war an der Zeit, sich neuen Herausforderungen zu stellen.

Der Großteil meiner Verbindlichkeiten konnte aus der Konkursmasse bezahlt werden und ich schaute wieder etwas optimistischer in die Zukunft. Eines stand für uns aber fest. Nie wieder werden wir irgendein hinterhältiges Geldinstitut auch nur nach einer müden Mark fragen. Mal abgesehen davon, dass zu dieser Zeit sowieso keine Bank mit uns etwas zu tun haben wollte.

Nochmal Neu bitte

Die Bauarbeiten, an unseren neuen vier Wänden gingen schleppend voran, jedoch einige grundlegenden Dinge waren bald vorhanden. Die Kinder konnte ihre Zimmer einrichten und auch ein funktionierendes Badezimmer mit Toilette tauschten wir gegen unser Plumpsklo im Freien.

Wir bauten so, wie es unsere finanziellen Mittel zuließen und jede verdiente Mark floss in unser neues zu Hause.

Die Zahlen in unserer frisch gegründeten Firma stimmten und es ging endlich wieder aufwärts. Wir konnten es uns sogar leisten, halbtags eine Bürokraft zu beschäftigen, die den Überblick über die Post und Papierberge unseres Unternehmens behielt und mir die nervende Büroarbeit abnahm.

Frau Zimperlich war ein Exemplar von Bürokauffrau, wie sie im Buche steht und besser hätte nicht sein können. Dagegen machte sie ihrem Familiennamen überhaupt keine Ehre, denn zimperlich, egal in welchen Belangen, war sie nun wirklich nicht.

Selbst ich hatte Skrupel, wenn ich mal im Büro vorbeischaute, nach einer Tasse Kaffee zu fragen. Ja, ich vermied es sogar, unseren Laden zu betreten, wenn die Chefin selbst nicht vor Ort war und sich schützend vor Frau Zimperlich stellen konnte.

Ich kann mich nicht erinnern, ob ich die gute Frau jemals hab lachen sehen. Aber das musste sie auch nicht, denn sie arbeitete ja nicht zur Belustigung bei uns im Büro, sondern um das bürokratische Gedöns unseres Unternehmens zu ordnen.

Sie war es dann auch, die mir ein Schreiben in die Hand drückte, das absolut nicht zu den »Gutelauneschreiben« gehörte.

Frau Zimperlich schaute mich mahnend an. »Herr Heimes, darum müssen sie sich unbedingt kümmern.«

Oh Schitt, das hatte ich im Trubel der Neustrukturierung doch ganz vergessen. Da schwebte ja noch die Anzeige wegen Steuerhinterziehung in den Büros der Staatsanwaltschaft durch die Luft. Und dieser Brief. Ich war für schuldig im Sinne der Anklage befunden und in Abwesenheit zu einer Ersatzfreiheitsstrafe von 70 Tagen oder einer Geldstrafe von 8400,00 Mark verurteilt worden.

Ich musste mich erst einmal setzen und Frau Zimperlich brachte mir unaufgefordert einen Kaffee. War sie vielleicht doch nicht solch Drachen, wie ich immer vermutete?

Doch wie kam es zu diesem Dilemma?

Ich arbeitete wochenlang im Neubau der Oberfinanzdirektion und bekam am Ende nur zehn Prozent meiner Forderungen bezahlt. Kurz danach war Weihnachten und ich kratzte meine letzten Kröten zusammen. Während ich in diesem traurigen Jahr auf Weihnachtsbaum und Weihnachtgans verzichtete, sollten wenigstens meine Leute ihre vollen Löhne bekommen und richtig Weihnachten feiern können.

Die Lohnsteuer und anderen Sozialabgaben verschob ich einfach mal auf bessere Tage. Und genau diese Tatsache ist wohl irgendeinem Pups in meinem zuständigen Finanzamt aufgefallen und sauer aufgestoßen. Am Ende drehte mir aus dieser Tatsache das deutsche Steuergesetz einen Strick, denn ich hätte mein zur Verfügung stehendes Geld aufteilen und prozentual zu gleichen Teilen Arbeitnehmer, Lohnsteuern und Sozialabgaben bedienen müssen. Ich hätte also unsere Jungs mit nur circa 30 Prozent ihres Nettolohnes nach Hause schicken sollen, und das zu Weihnachten.

Da ich das aber nicht tat, hatte ich nach dem Gesetz Steuern hinterzogen.

8400,-Mark Strafe, wo sollte ich diese Summe bitteschön jetzt hernehmen?

Frau Zimperlich schenkte mir noch einen Kaffee nach und ich setzte mich auch sofort mit der Staatsanwaltschaft in Verbindung. Nach einer längeren Unterredung, offerierte mir diese dann die Option, 70 Tage für einen gemeinnützigen Verein oder Organisation zu arbeiten und so meine Ersatzfreiheitsstrafe abzugelten. Um der Gefängnisstrafe zu entgehen, machte ich mich hurtig auf die Suche nach einer passenden Institution, welche mich für 70 Tage beschäftigen würde.

Ein Kloster in unserer Nähe erfüllte dann alle Kriterien der Staatsanwaltschaft und ich stattete den heiligen Mauern einen Besuch ab. Als ich auf den Hof des Klosters trat, erwartete ich eigentlich betende Mönche in langen, braunen Kutten und Gesänge aus den dicken Kirchenmauern. Aber nichts von alledem gab es dort, wie ich mir ein Kloster vorgestellt hatte.

Ein Mann in Jeanshosen und weißem Hemd, nicht viel älter als ich, begrüßte mich freundlich und fragte, was mich zu ihm führe. Ich erklärte ihm, dass ich eine Strafe von 70

Tagen abzuarbeiten hätte und ob ich dieses hier tun könnte. Als er erfuhr, dass ich vom Bau komme und Fliesenleger bin, nahm der Diener Gottes mich in die Arme und drückte mich fest.

»Dich schickt der Himmel.«

Er zeigte mir die verschiedensten Baustellen in seinen ehrwürdigen Gemäuern und während unseres Rundganges dankte er immer wieder dem Herrn für seine Güte und Barmherzigkeit und dafür, dass er ihm einen Handwerker geschickt hat.

»Naja, ich glaube da hat der Herr wohl eher weniger mit zu tun. Vielleicht solltest du dich besser beim Staatsanwalt bedanken.«

Nach einer guten Stunde kannte ich die gesamte marode Bausubstanz des Klosters und der Bruder kochte uns einen Kaffee. Es herrschte eine seltsame Stille in der Klosterküche und eine große Wanduhr tickte leise vor sich hin.

»Und, wann kannst du anfangen?« »Ich muss sehen, was das Gericht sagt und mit meiner Frau darüber sprechen. Momentan haben wir sehr viel Arbeit in der Firma und ich kann eigentlich nicht weg. Schließlich habe ich eine Familie zu ernähren und muss Geld verdienen.«

»Du musst nicht jeden Tag arbeiten kommen. Es reicht auch einmal pro Woche, ganz so, wie du es einrichten kannst.«

Beim Gehen erklärte ich dem Geistlichen noch, dass ich nur 70 Tage Strafe abzuarbeiten hätte, aber für seine Bauvorhaben »lebenslänglich« von Nöten wäre.

»Vielleicht gefällt es dir ja bei uns so gut, dass du gar nicht wieder weg möchtest.«

Mit diesen Worten verabschiedete mich der Mönch an dem großen hölzernen Klostertor.

Auf dem Weg nach Hause stellte ich mir dann vor, wie ich in Mönchskutte, bei den Gemüsebeeten des Klostergartens hocke und den lieben Gott einen guten Mann sein lasse. »Nee, daraus wird nichts mein Freund.«

Auf den Deal, meine gemeinnützigen Arbeiten stückchenweise abzustottern ließ sich die Staatsanwaltschaft nicht ein und so blieben mir drei Optionen. 70 Tage ins Kloster und das an einem Stück, 70 Tage absitzen oder 8400,-Mark in bar auf den Tisch.

Gefängnis kam für mich nicht in Frage. Man hört ja immer so komische Geschichten über die Zustände dort. Ich denke da nur an das Duschen in der Knastgemeinschaft, wenn dir die Seife runter fällt. Zudem kam die Angst vor dem Gerede der Leute und die komischen Blicke in der Öffentlichkeit.

8400,-Mark hatte ich nicht und hätte diese auch nicht so schnell auftreiben können.

70 Tage Kloster waren also die einzige Alternative. Es war Frühling und die Auftragsbücher voll. Ich dachte mir, wenn ich es schaffe, die Klosterarbeiten bis zum Winter hinauszuzögern, entspanne sich die Auftragslage, wie es erfahrungsgemäß zur kalten Jahreszeit hin immer passierte und ich hätte Zeit, mich den göttlich Arbeiten zu widmen.Diese Idee fand ich gut und ich beschloss, die ganze Sache einfach ein bisschen ruhen zu lassen und hoffte dass die deutschen Staatsmühlen so langsam mahlen, wie sie es gewohntermaßen immer taten. Es wurde Herbst und von der Staatsanwaltschaft hatte ich lange nichts mehr gehört. Mein Plan schien zu funktionieren

Der Weg ist das Ziel

Der Herbst 1998 brachte uns eine große Auftragsflaute. Von einer Woche auf die andere, waren unsere bestehenden Aufträge abgearbeitet und keine neuen in Sicht. Die Chefin war gezwungen, fast unsere ganze Mannschaft zu entlassen und am Ende blieben nur sie selbst, unser Lehrling Christian und ich, die der »Fliesenkay GmbH« noch ein menschliches Gesicht gaben.

Die kleinen Privatkunden waren es nun, die unserem Lehrling und mir genügend Arbeit verschafften und die Fliesenkelle nicht einrosten ließen.

Ich fühlte mich in die Zeit meiner fliesenlegerischen Anfänge, als ich noch mit Benni oder Rocki durch die Badezimmer des Landes kachelte, zurück versetzt. Das komische war, dass nun zu Zweit wieder mehr Groschen in der Latzhose hängen blieben, als in der Zeit, in der unsere Brigade noch zehn Mann zählte. Trotzdem sollte es mir irgendwie nicht vergönnt sein auf einen grünen Zweig, geschweige denn stabilen, dicken Ast zu kommen.

Es war ein rosafarbener Umschlag, der an einem grauen Novembertag bei uns im Briefkasten steckte. Wow, einen rosa Briefumschlag hatte ich das letzte Mal während meiner Lehrzeit bekommen, als an den Short Message Service noch nicht zu denken war und man Liebesbriefe noch auf Papier und nicht per SMS verschickte.

Doch ein Liebesbrief versteckte sich hinter diesem Umschlag nun wirklich nicht.

»Hiermit teilen wir ihnen mit, dass wir sie am 15.01.1999 um 7.00Uhr zum Haftantritt in der JVA Stendal erwarten.

Eine Aussetzung der Haft ist nur noch durch Zahlung ihrer Geldstrafe von 8400,-DM zu erreichen.

Mit freundlichen Grüßen ihre Justizvollzugsanstalt«

Was bin ich doch auch für ein Schussel. Das hatte ich doch schon wieder völlig vergessen.

Erneut setzte ich mich ans Telefon und wählte die Nummer der Staatsanwaltschaft. Aber dieses Mal schien es, als spreche ich gegen eine Wand. Die Staatsanwaltschaft blieb stur und wollte sich auf keinen Deal mehr einlassen.

»Es gibt hier nichts mehr zu verhandeln. Geld oder Zelle.«

Ich hatte noch das Telefon in der Hand, als ich die Kühlschranktür öffnete. Das Handy tauschte ich gegen eine Flasche Bier und setzte mich dann an den kleinen Holzofen im Wohnzimmer, der in diesem Winter noch als Heizung für unser neues Zu Hause herhalten musste. Helmut kam zu mir und ich zeigte ihr den Brief.

Kurze Zeit später hatte sie ebenfalls eine Flasche Bier in der Hand und schaute mit mir in die rot-gelbe Glut des Kanonenofens. Bald gesellten sich auch unsere beiden Kinder mit zu uns an den warmen Ofen und meine Frau kochte ihnen einen heißen Kakao.

Da saß nun meine kleine Familie und trotzdem ich gerade meine Einberufung als Anstaltsinsasse bekommen hatte, fühlte ich mich doch irgendwie wohl und zufrieden. Es war genau diese kleine Familie, die mir in diesem Moment Kraft gab. Sie machten mir keine Vorwürfe oder stellten in Frage, was ich »grausames« getan hatte. Nein sie liebten mich trotzdem und gaben mir ein Gefühl von Geborgenheit und Schutz.

Es war ein langer Abend und nachdem die Kinder in den Betten verschwunden waren, überlegten »Helmut« und ich, was wir noch tun könnten.

»Selbst wenn wir in den verbleibenden, knappen zwei Monaten bis zum geplanten Haftantritt eisern sparen, bekommen wir das Geld nie zusammen.«

Helmut holte uns zwei frische Biere aus dem Kühlschrank.

»Weißt du was Kay? Wir wandern aus.«

Unser Traum war es tatsächlich, irgendwann einmal in die Karibik auszuwandern und uns die Sonne auf den Bauch scheinen zu lassen. Die Dominikanische Republik kannten wir aus mehreren Urlauben zuvor und wir hatten uns jedes Mal aufs neue in die grüne Insel verliebt.

Für eine Auswanderung brauchten wir Geld und das nicht zu wenig. Aber genau das war es, was momentan eben fehlte. Oder war dieser Traum vielleicht doch einfacher zu realisieren als gedacht?

»Helmut« sprühte vor Begeisterung und schmiedete Pläne. Ich schlürfte an meinem frischen Bier und hörte meiner Frau einfach nur zu.

»Wir verkaufen alles, was wir haben. Ziehen alles Geld aus der Firma, was nur geht und dann sagen wir »DEUTSCHLAND, DU KANNST UNS MAL«. Ich kümmere mich um Arbeit auf der Insel. Irgendwer wird schon etwas für mich zu tun haben und schließlich kennen wir auch schon ein paar Leute in der Dom. Rep. Du packst deine schicke, dunkelblaue, kunstlederne Reisetasche mit Werkzeug voll und kannst wieder Fliesen legen. Was soll uns schon passieren. Und wenn du mich vor die Wahl - Knast oder karibische Sonne - stellen würdest, ich wüsste, dass mir der Knast einfach viel zu dunkel wäre.«

Manchmal muss man auch mal neue Wege gehen und so trafen wir an diesem Abend eine Entscheidung, die unserem Leben eine völlig neue Richtung geben sollte.

Der Kühlschrank gab tatsächlich noch eine letzte Flasche Bier her, die ich mit Helmut brüderlich teilte und schon lange nicht mehr war ich so entspannt, wie in diesem Moment.

Die folgenden Wochen verliefen absolut chaotisch. Von Montag bis Freitag war ich mit unserem Lehrling Christian unterwegs und fliesten ein Badezimmer nach dem anderen. Christian war inzwischen eingeweiht in unsere Pläne und obwohl er keine Zukunft in unserem Laden hatte, zog er doch mit uns gemeinsam an einem Strang bis zum letzten Tag. Die Chefin kümmerte sich um alles Organisatorische und bereitete unseren Neuanfang auf der anderen Seite der Welt vor.

An den Wochenende verramschten wir dann nach und nach unseren ganzen Hausrat und dabei waren wir auf allen Flohmärkten der Umgebung zu finden. Manchmal wollte ich gar nicht glauben, was die Leute da alles kauften.

Je kaputter ein Teil war, je begehrter war es auch. Da war zum Beispiel dieser bunte Tonkoch. Ein 25 Zentimeter hoher, aus gebranntem Ton bestehender, hohler Körper, in dem die moderne Hausfrau ihre Kochlöffel in der geöffneten Schürzen verstauen konnte. Eigentlich sollte dieser in die Mülltonne wandern, aber er rutschte irgendwie in die Flohmarktkiste. Hier wurde er nun von einer Frau entdeckt, die an unserem Verkaufsstand in unseren Sachen wühlte.

»Was wollt ihr dafür haben?«

Ich schaute die großgewachsene Hippiebraut an und nahm dann den Koch in die Hand. Ich zerknautschte mein Gesicht zum ernstesten Ausdruck, den ich konnte. Ich rümpfte meine Nase und warf das Figürchen von einer in die andere Hand.

Dem Koch fehlte der halbe Kopf und ein großes Loch war an der Stelle, an der eigentlich das linke Knie sein sollte. Zu oft war er schon vom Küchentresen gefallen und eigentlich war der Küchenmeister schon tot.

»Hm, normaler Weise ist der ja nicht zu verkaufen. Da hängen zu viele Erinnerungen dran.

Doch heute wollen wir auch nichts wieder mit nach Hause nehmen. Also pass auf! Ich mach dir ein Angebot, was ich nachher wahrscheinlich bereuen werde. Gib mir Fünf Mark und das edle Stück gehört dir.«

Tante Emma wühlte in dem Ausschnitt ihres lila Batikkleides und reichte mir einen zerknüllten Fünfmarkschein. Ich streckte ihr den kaputten Porzellanlöffelaufbewahrungskoch entgegen und konnte nun den Boden des Tonkochs sehen. Da klebte doch tatsächlich noch das Preisschild dran.

2,99 DM stand da, für mich gut leserlich, auf den Schuhsohlen des Kermikkoches.

Musste ich nun ein schlechtes Gewissen haben? Nein! Schließlich hatte dieses Ding eine Geschichte zu erzählen. Und wenn dies auch nur die Geschichte ist, die ich gerade erzählt habe.

Jedes Wochenende ein anderes Dorf, ein anderer Flohmarkt, aber doch immer wieder die gleichen Gesichter unter den

Markttreibenden. Unsere Ramschkisten hatten sich inzwischen herumgesprochen und noch bevor der Flohmarkt offiziell öffnete, kamen die anwesenden Marktverkäufer und stockten ihr Warensortiment bei uns auf. So war unser Stand schon oft bis zur Frühstückspause leer gekauft und wir konnte den Heimweg antreten.

Die Auflösung unseres Haushaltes verlief unerwartet gut und ging zügig voran. Zu Beginn des neuen Jahres saßen wir nur noch auf leeren Bierkisten am Frühstückstisch und mussten uns sogar ein Frühstücksteller teilen.

In zehn Tagen schon, sollte ich eigentlich meine Arbeitshose gegen die gestreifte Uniform tauschen und doch unser Plan war es, dass wir zu diesem Zeitpunkt schon auf dem Weg in die Karibik sind.

Aber der Zeitplan unserer Auswanderung deckte sich nicht mit dem Vorgaben der Staatsanwaltschaft. Da lag nämlich noch ein Auftrag in meinem »zu erledigen« Fach und das damit verbundene Geld wollten wir unbedingt mit auf die Insel nehmen.

Unsere Firma war zwar bereits abgemeldet, doch ich dachte mir, wenn ich sowieso wegen Steuerhinterziehung hinter Gitter soll, kann ich diese ja auch vollziehen.

Die Uhr lief gegen mich und ich setzte alles auf eine Karte. Dabei hoffte ich, dass man mich nicht gleich vermissen wird, wenn ich nicht pünktlich am Gefängnistor stehe.

Eigentlich ein ganz normaler Tag

Es war der zwanzigste Februar, ein grauer Wintertag. Eigentlich sollte ich schon seit 35 Tagen in meiner Zelle sitzen, aber bis zu diesem Tag hatte ich nichts von von Staatsanwaltschaft oder JVA gehört.

Unser Flug war gebucht und sollte am kommenden Tag in Richtung Karibik und ein neues Leben starten.

Gerade noch rechtzeitig zum gebuchten Flug, konnte ich meine geplante letzte Baustelle zum Abschluss bringen.

Es schneite leise vor sich hin. Christian und ich hatten das Eigenheim fertig gefliest und waren an diesem Samstagvormittag nur noch für ein paar Restarbeiten auf der Baustelle.

Der Bauherr kam pünktlich zum Frühstück mit einem Picknickkorb und brachte uns frisch belegte Brote. Mit bei den belegten Broten war ein gut gefüllter Umschlag.

»Komm Kay! Lass uns gleich mal Kasse machen.«

Eigentlich wollte ich beizeiten am Nachmittag wieder zu Hause sein, jedoch wurden Christian und ich noch auf ein Baustellenabschlussbierchen eingeladen. Und wie das Leben so spielt, wurden aus einem Bier schnell vier und ein paar kleine Kümmerlinge sorgten für eine gesunde Ordnung im Magen.

Die Uhr zeigte bereits 13.30 Uhr, als wir endlich von der Baustelle schlitterten und uns auf den Heimweg machten.

»Komm, Christian ich fahr dich noch schnell nach Hause.«

Die Fahrt zu Christian war kein großer Umweg und gab mir die Möglichkeit, mich unterwegs bei unserem Lehrling nochmals zu bedanken und ihn in die harte Welt der Bauarbeiter zu entlassen.

Die Straßen waren glatt und noch heute bin ich der Meinung, dass der Zusammenstoß mit 0,0 Promille Alkohol im Blut auch nicht zu vermeiden gewesen wäre. Im Gegenteil, ich wäre nüchtern bestimmt schneller und unkonzentrierter unterwegs gewesen, als ich es im Moment des Aufpralls war, der mir die Stoßstange meines Vordermannes empfindlich näher brachte.

Mein Vordermann war eine junge Fahranfängerin, die schnell am Heck ihres Autos stand und verdattert nach ihrem Hinterteil guckte. Eine kleine Schramme und eine zerbrochene Kunststoffkappe waren die einzigen Spuren, die mein kleiner, blauer Fiat an ihrem Fahrzeug hinterlassen hatte. Mein Auto hingegen war mit verbeulter Motorhaube, zerbrochenem Scheinwerfer und auf der ganzen Straße verstreuten Kleinstteilen nicht so glimpflich davon gekommen.

Ich holte den Umschlag mit dem, kurz vorher in meinen Besitz übergegangenem Geld aus dem Handschuhfach und überlegte, wie ich am besten aus der Sache herauskomme.

»Ich gebe dir 250,- Mark. Ist das in Ordnung? Dann können wir auf die Versicherung und den ganzen Kram verzichten.«

Mein Lehrling Christian stand neben mir. Er kannte zufällig meine Verkehrsgegnerin und redete ihr gut zu. Diese nahm dann auch schnell das Geld und lächelte.

»Ich glaube, das ist mehr Geld, als das Auto wert ist. Aber danke.«

Wir waren alle gerade wieder am Einsteigen, als ein grün-weißer Opel Kadett neben uns hielt.

»Na was ist denn hier passiert? Ach, der Herr Heimes ist ja auch da.«

Der Polizist und ich kannten uns aus unserer gemeinsamen Kindheit und oft spielten wir damals auf der Straße zusammen Federball. Doch diese Zeiten waren lange vorbei, und während ich dem Beamten erklärte, dass mit der Geschädigten bereits alles geregelt sei, wühlte dieser auf der Rücksitzbank des Tommywagens und holte schließlich ein Pusteröhrchen aus seiner Diensttasche.

»Dann haben sie ja bestimmt nichts dagegen, dass wir uns ihren Atem mal genauer anschauen.«

»Der hat mir wohl immer noch nicht verziehen, dass er früher beim Federball gegen mich nicht ein einziges Mal gewinnen konnte.«

In knapp 20 Stunden ging unser Flieger in die Dominikanische Republik und ich wollte die Sache schnellstens hinter mich bringen. Also blies ich, ohne Diskussionen in das mir in den Hals gesteckte Röhrchen, bis es piepte.

»1,2 Promille! Das sieht aber nicht gut aus. Da werden wir wohl um eine Blutprobe nicht drum herum kommen. Schließen sie doch bitte ihren Wagen ab und steigen sie zu uns ins Auto. Ach, und ihren Führerschein hätte ich auch gerne noch gesehen.«

Ich wühlte in meinem Handschuhfach und suchte vergeblich nach meinem Führerschein.

»Den habe ich wohl zu Hause vergessen.«

Ich verabschiedete mich ein letztes Mal von Christian und stieg dann zu den beiden Beamten in den Polizeiwagen.

»Na dann fahren wir noch schnell bei ihnen zu Hause vorbei und holen ihre Papiere.«

Mir war in diesem Moment schon alles egal. Ich wollte nur noch weg.

Es wurde langsam dunkel, als ich mit Polizeischutz vor unserem Haus vorfuhr. Ein Polizist begleitete mich an die Haustür und meine Frau, die den Einsatzwagen schon durch das Küchenfenster gesehen hatte, begrüßte mich völlig aufgelöst.

»Was ist los?«

»Ich brauche schnell meinen Führerschein.«

Ich schob mich an meiner Liebsten vorbei und lief in die Küche. Hier saßen meine Eltern und ein paar gute Freunde, die sich eigentlich von uns verabschieden wollten.

»Tut mir echt leid Leute. Ich bin aber gleich wieder da.«

Ich hatte meinen Führerschein gefunden und kurze Zeit später saß ich auch schon wieder auf der Rücksitzbank des Streifenwagens.

1,5 Stunden dauerte dann nochmal das Entnehmen meines durch Alkohol verdünnten Blutes, wobei sich die blutzapfende Ärztin ein paar Gestaltungstipps für ihr neues Badezimmer holte.

Danach fuhr mich ein netter Kollege der Wache sogar wieder nach Hause. Auch meinen Führerschein bekam ich, bis zur endgültigen Klärung der Sachlage wieder ausgehändigt. Die Chefin war nervlich ziemlich am Ende. Da will sie mit ihrem Kerl auswandern, der eigentlich schon längst in einer Zelle sitzen sollte und vielleicht sogar schon von der Polizei per Haftbefehl gesucht wird und der hat nichts anderes zu tun, als mit den Gesetzeshütern spazieren zu fahren.

Ich muss zugeben, das lief alles ein wenig am Plan vorbei, doch am Ende hatten wir ja noch genügend Zeit um uns von den Eltern und Freunden bei ein paar letzten gemeinsamen Bierchen zu verabschieden.

Noch in der gleichen Nacht wurden wir von guten Freunden nach Berlin gefahren, von wo aus am nächsten Morgen unser Flieger in das neue Leben starten sollte.

Als es endlich los ging wussten wir nicht, ob wir jemals wieder deutschen Boden unter unseren Schuhsohlen spüren werden und was uns die Zukunft überhaupt bringen würde. Außerdem war da noch die Justizvollzugsanstalt Stendal, die schon seit über einem Monat ein Zimmer für mich bereithielt. Hatten die vielleicht schon eine Vermisstenmeldung nach mir rausgegeben und man fahndete bereits nach Mir?

Meine Frau und meine Kinder gingen vor mir, als wir an der Zollkontrolle ankamen. Der Zollbeamte schaute in die Reisepässe meiner Familie. Er musterte meine Kinder, lächelte meiner Frau zu und blickte mir ernst in die Augen.

»Ich wünsche ihnen eine gute Reise.«

Das neue Leben unter Palmen

Unsere Tochter fand die passenden Worte, als wir uns im Landeanflug auf Puerto Plata befanden.

»Schön, schön, schön, aber ein bisschen schrottig.«

Fantastisches Grün, türkisblaues Meer und die rostbraunen Dächer, der mit Wellblech gedeckten Behausungen in den Armensiedlungen, lagen zu unseren Füßen.

Dirk stand wie versprochen am Flughafen und holte uns ab. Ihn lernten wir in einem unserer vorherigen Urlaube in der Dominikanischen Republik kennen. Damals war er auch noch Gast auf der schönen Insel, bevor ihn kurze Zeit später das Fernweh in das Paradies unter Palmen zog und er Deutschland den Rücken kehrte.

Nach einem lecker Bierchen zur Begrüßung brachte er uns für die ersten Tage in ein kleines, von deutschen geführtes Hotel, in dem wir übergangsweise Quartier bezogen. Schon nach einer Woche hatten wir dann ein Mietshaus gefunden, welches in unser

Haushaltsbudget passte und das nun unser neues zu Hause sein sollte.

Wir waren gerade ein paar Tage auf der Insel, als das Telefon schellte und »Helmut« einen Job angeboten bekam. Eine Woche später saß sie auch schon im Büro eines der größten Tourunternehmen.

Sonne, Strand und Meer, dazu ein fantastisches Klima, ein Haus und ein Job, der uns ernährt. War es wirklich so einfach und hatten wir nach so kurzer Zeit etwa schon alles erreicht, was wir uns erträumten?

Doch es gab es noch einiges zu tun. Die Kinder mussten in der Schule angemeldet werden, wir kamen nicht umhin das spanische Wörterbuch zu studieren und außerdem suchte auch ich nach einer Arbeit auf einer Baustelle, um dem Rost an meiner Fliesenkelle loszuwerden. Die ersten Wochen unseres neuen Lebens zogen ins Land und wir merkten gar nicht, wie schnell die Zeit verging.

Während ich immer noch auf der Suche nach meinem ersten Fliesenauftrag war, gab es in unserem Familienleben schon so etwas wie Alltag. Morgens brachte ich meine Frau mit dem Motorroller, den wir uns inzwischen zugelegt hatten, ins Büro. Danach kümmerte ich mich um den Haushalt, Garten und die

Kinder. Die Wochenenden verbrachten wir meist am Meer und genossen das Strandleben. Eigentlich gab es keinen Grund zum Meckern. Und doch nagte an mir die Unzufriedenheit.

Meine Berufung zum Hausmann machte mir Spaß, aber ich war damit längst nicht ausgelastet und ertappte mich dabei, dass ich die Nachmittage immer öfter an der kleinen Bar an der Ecke verbrachte.

Seit zwei Monaten lebten wir nun in unserer neuen Heimat. Zwei Monate hatte ich keine Fliese mehr in der Hand und mein Werkzeug stand, schon ein bisschen eingeschnappt, in der Ecke. Irgendetwas musste sich ändern.

Ich saß mit Dirk bei einem kühlen Bier zusammen und wir quatschten über Gott und die Welt. Ich erzählte ihm, dass ich mit der Fliesenlegerei in der Dominikanischen Republik noch keinen Zentimeter vorangekommen bin und meine Hände langsam keinerlei Hornhaut mehr aufweisen.

Dirk hatte »Helmut« schon den Job bei dem Touroperator vermittelt. Jetzt saß er vor mir und legte seine Stirn in Falten.

»Kay, es wird dir mit Sicherheit keine neue Hornhaut an den Händen bringen, aber wenn du unbedingt etwas arbeiten möchtest, kann ich mal bei meinem Chef ein gutes Wort für dich einlegen.«

Ich bestellte noch zwei eiskalte Präsidente, das leckerste Bier der Insel.

»Es ist mir völlig wurscht, was ich mache. Hauptsache ich bin weg von der Straße und habe wieder eine Aufgabe.«

Noch am selben Abend klingelte mein Telefon.

»Dirk hier. Wenn du willst, kannst du morgen bei uns anfangen. Sei einfach am Nachmittag bei mir im Büro.«

Pünktlich um 13.00 Uhr stand ich dann am großen, eisernen, Eingangstor von Mahagoni-Tours. Ein bewaffneter Wachmann fragte nach meinem Namen und verschwand, ohne dass sich das Tor öffnete. 10 Minuten passierte nichts. Dann sah ich den Wachmann wiederkommen und hinter ihm kam schnellen, kurzen Schrittes Dirk an den Eingang.

»Ich sagte doch Nachmittag! Aber na klar, hätte ich ja wissen müssen. Deutsche Pünktlichkeit.«

Das Tor öffnete sich und ich folgte Dirk auf den Hof des Tourunternehmens.

»Du musst noch warten. Die anderen kommen erst gegen 16.00 Uhr.«

Ich suchte mir einen Platz auf der Terrasse des Bürogebäudes, welches eigentlich ein Wohnhaus war, aber nun die Zentrale von Mahagoni-Tours beherbergte.

Ich hatte schon einiges über das Unternehmen erfahren, das nun mein neuer Arbeitgeber werden sollte.

Angefangen hat die Erfolgsgeschichte der Firma mit einem Roller- und Motorradverleih. Irgendwann kamen ein paar Ausflugsangebote dazu und die Betreuung der Gäste von kleineren Reiseveranstaltern.

KTI - Krötentouristik International war der deutsche Reiseveranstalter, der mit den beiden Chefs des damals bescheidenen Unternehmens »Mahagoni-Tours« ins Geschäft kam.

Der Deal war einfach wie auch genial. KTI versprach den beiden Mahagoni-Bossen, sich um die Beschaffung von Dom.Rep.-Urlaubern zu kümmern und diese über den großen Teich zu schicken. Mahagoni-Tours im Gegenzug, sollte sich nun dieser Gäste annehmen und der Ansprechpartner vor Ort auf der Insel sein.

Die beiden Chefs überlegten nicht lange und willigten ein.

Ab diesem Tag nahm die Erfolgsgeschichte seinen Lauf. KTI flog im Vollcharter und schickte anfänglich ein Flugzeug pro Woche auf die Insel. Kurze Zeit später landete täglich eine Maschine, voll mit KTI-Gästen auf dem Flughafen von Puerto Plata. Und bald waren es sogar zwei Flugzeuge am Tag, die vollgestopft mit sonnenhungrigen Urlaubern auf die Insel gebracht wurden. Die beiden größten Konkurrenten Meckermann und Pfui konnten von solchen Urlauberzahlen in der Dom.Rep. nur träumen und blickten neidisch auf die orangen Reisebusse von Mahagoni-Tours.

Diesem Massentourismus war es nun zu verdanken, dass auch auf mich endlich wieder ein Job wartete. Es hatte zwar überhaupt nichts mit Baustelle oder gar Fliesenlegerei zu tun, aber es sollte nicht weniger spannend werden.

Dann war es endlich so weit und ich lernte meine neuen Kollegen und meine Aufgaben kennen.

Ich war nun, Transferist. Eine Berufsgruppe, die ich bis dahin nicht kannte. Wie aus dem Namen zu erkennen ist, war ich für den Transfer zuständig. Und dabei ging es nicht um den Transfer von überteuerten Fußballspielern, sondern um den Transport der Touristen vom Flughafen in ihre Hotels und am Urlaubsende wieder vom Hotel zum Flughafen.

Ich war also der, der im Bus vorne am Mikrofon stand und die Touris auf der Insel begrüßte.

Neben dem herzlichen Willkommen auf der Insel und ein wenig bla, bla, bla war es ganz wichtig den Urlaubern einzuhämmern, dass sie am nächsten Morgen unbedingt zum Begrüßungscocktail bei der Reiseleitung zu erscheinen hatten. Denn hier verdiente nun unsere Firma ihr Geld. Ein Tourunternehmen lebt von Ausflügen und diese wurden unter dem Decknamen Begrüßungscocktail an den Urlauber gebracht.

Nach ein paar Tagen Einarbeitungszeit, bekam ich dann auch schon meinen ersten eigenen Bus, voll mit Touris, die mir gespannt zuhörten, was ich zu sagen hatte.

In meiner, mit viel Arrangement vorgetragenen Rede, ging es um so wichtige Dinge wie das Wetter und das Leitungswasser der Insel. Und natürlich um den leckeren Begrüßungscocktail am nächsten Morgen.

Ich war absolut zufrieden mit meinem Auftritt und entdeckte, bis dahin ungenutzte, ganz neue Talente in mir. Und mehr noch, ich sah mich nun nicht nur als einfachen

Transferisten, sondern als Entertainer für die, durch den langen Flug gezeichneten, Touristen.

Die Arbeitszeiten waren flexibel, weil abhängig von den Flugplänen und es war nicht der anspruchsvollste Job als Transferist. Doch ich hatte Spaß daran, die Leute mit dem Bus über die Insel zu schaukeln und mich dabei als großer Dom.Rep.-Experte auszugeben. Ich, der gerade mal drei Monate hier war und dessen Spanischwortschatz aus der auswendig gelernten ersten Seite, des Kauderwelschs für Lateinamerika, bestand.

Doch durch meine Arbeit konnte ich nun meine Spanischkenntnisse erweitern, denn auch wenn die Touristen deutsch sprachen und in unserer Firma vorwiegend deutsch gesprochen wurde, so konnte ich bei unseren Busfahrern oder an der Hotelrezeption beim Einchecken der Gäste, mit deutschem Vokabular nichts anfangen.

Eine Sprache erlernt man am besten im Liegen oder wenn man sie spricht. Für das Liegen hatte ich meine Frau, doch sie sprach genauso wenig spanisch wie ich. Also musste ich meine Spanischkenntnisse durch Anwendung verbessern und das war für meine

Gesprächspartner bestimmt nicht immer leicht und ich machte bestimmt viele Fehler,

Doch gerade wenn man Fehler macht, prägen sich Worte am besten ein. Zum Beispiel werde ich nie vergessen, als ich an der Hotelrezeption stand und nach einem Stift, bei der hübschen, vollbusigen, schokobraunen, Rezeptionistin, fragte.

Ich dachte wenigstens, dass ich nach einem Stift fragte. Doch nachdem das kleine Luder sich zwei Mal vergewissert hatte, ob ich wirklich wollte, was ich sagte, beugte sie sich über den Hoteltresen, drückte ihr leckeres, prall gefülltes Dekolletee auf meine Brust und gab mir einen dicken, saftigen Kuss.

Anstatt nach einem Stift (span. lapiz) zu fragen, fragte ich das Fräulein Wunder nämlich nach einem Kuss (span. beso). Gut, die beiden Worte ähneln sich nicht unbedingt, aber die Verwechslung hatte sich gelohnt und das Wort für Kuss hatte sich mit einem bleibenden Bild ins Gedächtnis gebrannt.

Dabei hatte ich natürlich Glück, denn es hätte ja auch ein ganz anderes Model hinter der Rezeption stehen können. So wie zum Beispiel unsere Nachbarin. Sie war eine ganz Liebe, jedoch für meinen Geschmack etwas zu füllig. 1,50 Meter groß und geschätzte 150

Kilogramm schwer. Jeden Morgen winkte sie mir freundlich zu und begrüßte mich mit Worten, die ich anfangs nicht richtig verstand. Irgendetwas mit »mangera« hatte ich rausverstanden, und auch wenn ich dieses Wort nicht im Wörterbuch fand, so wandte ich es trotzdem jeden Morgen bei ihr an.

Wenn sie mir zu winkte und … mangera … rief, winkte ich zurück und antwortete:

»Si, si Mangera.«

Ich hielt dies für einen ganz speziellen Gruß unter Nachbarn und dachte mir nichts dabei. Mich wunderte nur, dass die kleine Speckprinzessin immer gleich nach unserer Begrüßung in unseren Garten gewalzt kam und den Gartenschlauch zu sich herüberholte.

Manchmal kommt man mit fragen weiter, aber da Männer ja ungern fragen, dauerte es mit der Erklärung der Worte des morgendlichen Begrüßungsrituals etwas länger. Irgendwann schaffte ich es dann aber und erkundigte mich bei Dirk, was eigentlich Mangera heißt.

»Schlauch, wieso?«

Ah ja, es war also keine freundliche Begrüßung morgens, sondern die dicke Tante wollte sich einfach nur unseren Schlauch ausborgen, was sie dann ja auch immer tat.

Und dass ich das Wort Mangera nicht im Wörterbuch fand, lag einfach nur an der falschen Schreibweise. Manguera wäre da schon richtiger gewesen.

Meinen ersten Monat in meinem neuen Job hatte ich geschafft. Ich war wieder guter Dinge und freute mich endlich wieder etwas zu tun.

Auch wenn »Helmut« und ich in der gleichen Firma arbeiteten, so sahen wir uns auf der Arbeit so gut wie nie. Sie saß im Büro und ich war an der Front bei den Touris. Doch unsere freien Tage genossen wir zusammen unter karibischer Sonne und dazu sollten uns ab sofort zwei Gehälter zur Verfügung stehen, was für uns mehr als genug war. Ja, wir konnten sogar wieder ans sparen denken und jeden Monat ein paar Peso zur Seite packen.

An die feuchte, kalte Gefängniszelle, die wahrscheinlich in Deutschland auf mich wartete, verschwendete ich keinen Gedanken mehr, und wenn wir am Sonntagnachmittag im Schatten einer Kokosnusspalme dem Wellenrauschen des Atlantiks zuhörten, dachte ich: »Deutschland, du kannst mich mal.«

Nächtlicher Besuch

Es war der erste Mai. Der erste Tag des neuen Monats und somit Zeit für die Lohntüte des Vergangenen. Wir waren mit unserer Ausbeute zufrieden und ein paar kühle, stramme Cuba Libre verschafften uns am Abend die nötige Bettschwere.

Die Nacht hatte dann plötzlich ein abruptes Ende. Es war ein Schrei, der durch Mark und Bein ging und wie ich ihn zuvor noch nie gehört hatte. Ich schlug meine Augen auf und wie eintrainiert griff ich zur Machete, die neben mir an den Nachtisch gelehnt stand. Meine Frau sprang in diesem Moment von der geöffneten Schlafzimmertür in unser Bett und zog die Decke über den Kopf. Keine Sekunde später drückte mir jemand den Lauf einer abgesägten Schrotflinte an die Halsschlagader.

Hm, die Machete konnte ich wohl erst mal vergessen. Langsam löste ich meine Hand von dem Buschmesser und zog sie ängstlich ins Bett zurück. Ich blickte in ein rundes, schwarzes, jugendliches Gesicht, was einen Moment später hinter einer Strumpfmaske verschwand.

Die Situation war eindeutig und ließ keine andere Schlussfolgerung zu. Wir wurden gerade überfallen.

Ich merkte, wie meine Beine weich wurden, und spürte neben mir die eiskalte Haut meiner Frau. Der Gewehrlauf war wenige Zentimeter von meinem Kopf entfernt und ein zweiter Räuber kam in unser Schlafzimmer. Er machte Licht, öffnete den Kleiderschrank und wühlte in den Klamotten.

In der Küche hörten wir, wie sich zwei Männer unterhielten. Wir blickten uns stumm an, doch unsere Augen sagten das gleiche.

»Nur nichts Verkehrtes machen und ruhig bleiben.«

Der Räuber an unserem Kleiderschrank hielt sich verschiedene T-Shirts von mir an seinen dicken Bauch und machte Späße mit dem bewaffneten Kollegen. Eine Jeans schien ihm zu gefallen. Locker schwang er sich diese über seine Schulter und kam dann zu mir ans Bett.

»Wo ist das Geld?«

Es war Zahltag und wir hatten die kompletten Löhne des letzten Monats zu Hause und ich zeigte mit meinen Fingern auf meine Arbeitsuniform, die über den Ventilator gehängt war.

Der Dieb durchsuchte alle Taschen und fand

schließlich unsere beiden Gehälter.

Jetzt legte er meine Sachen wieder ordentlich, vielleicht sogar ordentlicher als sie es vorher waren, zusammen und baumelte sie auf den Lüfter.

Auf unserem Schlafzimmerschrank entdeckte sein geschultes Auge dann einen Koffer und er zerrte ihn auf das Fußende unseres Bettes. Der Versuch, den Koffer zu öffnen, scheiterte an dem Zahlenschloss, von dem ich immer dachte, dass dieses Ding sowieso nichts nützt.

»Los! Aufmachen!«

Immer noch war die Waffe auf mich gerichtet und mit zittrigen Fingern drehte ich an der Zahlenkombination, bis der Koffer sich öffnete. Doch anstatt der erhofften Millionen fand der Bandit wiederum nur einen Koffer vor.

Erneut das Spiel mit der Zahlenkombination und dann? Schon wieder ein Koffer. Der Ganove schien etwas ungeduldig und mit dem Zahlencode 000 des letzten Koffers stand ihm endgültig die Enttäuschung ins Gesicht geschrieben. Denn zu guter Letzt fand der Lump zwar keinen Koffer, dafür aber eine leere Reisetasche.

Es brodelte in mir, als der Verbrecher dann zu meiner Frau ging.

»Los, her mit den Ringen!«

Während mein Ehering im Badezimmer lag, war das Erkennungszeichen meiner mir angeheirateten Frau an der Stelle wo er hingehörte. Dazu glitzerte noch ein Familienerbstück an ihrem Ringfinger, das die Augen des Gauners selbst durch die fiese Strumpfmaske leuchten ließ.

Mit viel Spucke und Kraft konnte Helmut den Ehering abziehen, doch das Familienerbstück war wie festgewachsen.

Ich hörte wie in der Küche die Schränke durchforstet wurden. Zudem quietschte zeitweilig das rostige Scharnier der Kinderzimmertür.

Mir liefen die verschiedensten Bilder durch den Kopf. Was konnte ich tun?

Unerwartet verließ das runde Gesicht mit der Strumpfmaske unser Zimmer. Helmut hatte den Ring nicht vom Finger bekommen und der Typ schien mit seiner Beute zufrieden zu sein.

Ein kleiner, hagerer Mann mit faltigem Gesicht, welches er in keinster Weise verbarg, betrat nun unser Schlafzimmer. Seine Mimik war alles andere als freundlich und er zog ein langes Messer aus der Tasche seiner viel zu großen Kordhose.

Ich war fest entschlossen, meine Frau zu beschützen und zu verteidigen, doch mein

Körper war wie gelähmt, als der Wurzelgnom nach ihrer Hand griff und das Messer ansetzen wollte.

War es der Schweiß oder einfach nur unwahrscheinliches Glück? Jedenfalls bekam sie im letzten Moment doch noch den zweiten Ring vom Finger und der faltige Zwerg schaute ihr glühend in die Augen.

Jetzt schnappte er sich die Reisetasche, die immer noch an unserem Fußende lag und ging zum Kleiderschrank. Er stopfte die Tasche voll, bis sie zu platzen drohte. Für den Rest der Klamotten griff er sich nun den größten der drei Koffer.

Dann verließ er bepackt wie ein Esel unser Schlafzimmer.

Draußen, im Garten vor unserem Schlafzimmer hörte ich hastige Schritte von mehreren Personen. Der Idiot mit dem Gewehr stand nun im Türrahmen und lud seine Flinte provokant durch.

Wir hatten die Gesichter von zwei Banditen gesehen und eigentlich war mir klar, dass wir aus der Sache nicht mehr heil rauskommen. Doch ich hoffte, und ich glaube, ich betete sogar.

Es wurde ruhiger in unserem Haus. Der Kerl an unserer Schlafzimmertür schaute sich

nervös um. Und dann, völlig unerwartet, verschwand er aus unserem Blickfeld.
Ein leichter Wind wehte durch das Fenster über unsere schweißnasse Haut. Unsere Augen waren starr und wir bewegten uns nicht. Dann kam unsere sechsjährige Tochter in unser Schlafzimmer.
»Mama? Papa? Was waren das für Leute eben?
Der Überfall war vorbei und unsere beiden Kinder kamen zu uns ins Bett gekrochen.
Die Polizei erschien tatsächlich auch schon zwei Stunden nach unserem Anruf, vor Ort und befragte uns nach den Geschehnissen. Wir standen unter Schock und waren nervlich am Ende.
Die Gangster hatten alles mitgenommen, was sie transportieren konnten. Den Fernseher, fast die gesamte Kleidung, Spielzeug, Fotoapparat, ja sogar Duschbäder und andere Kosmetikartikel. Unser Haus war leer geräumt und selbst das eingefrorene Hühnchen im Tiefkühlfach sollte nun woanders gebraten werden.
Unsere Kinder hatten alles genau mitbekommen, stellten sich während des Überfalls aber instinktiv schlafend. Jetzt hielten wir sie in den Armen, und auch wenn die Diebe uns nichts gelassen hatten, eines

nahmen sie uns nicht - unser aller Leben.
Es war der Morgen des zweiten Mai. Pauls achter Geburtstag und auf Grund der vergangenen Nacht irgendwie auch unser Geburtstag.
Die Kinder waren erstaunlicherweise sehr gefasst. Vielleicht verstanden sie noch nicht richtig, was in der Nacht zuvor alles hätte passieren können. Ich sah, dass Paul sehr traurig war, weil es keine Geburtstagsgeschenke gab. Die Räuber hatten natürlich auch diese mit in die Tasche gepackt. Doch er versuchte sich nichts anmerken zu lassen und ich verstand, wie erwachsen unser kleiner Junge doch schon war.
Nachdem das Adrenalin langsam aus den Adern verschwand und das Gehirn wieder normal arbeitete, kam die Frage: »Wie geht´s nun weiter?«
Erneut standen wir vor dem Nichts, was materielle Dinge betrifft, und doch fühlte es sich nicht so an. Wir hatten immer noch unsere Jobs. Wir hatten noch so viel Gespartes auf der Bank, dass wir für den nächsten Monat zu essen hatten. Und das Wichtigste, wir hatten uns.
Komischerweise kam in den Stunden nach dem Raub nicht einmal die Frage nach einem

»Zurück nach Deutschland« auf. Nein, wir waren sogar fester denn je entschlossen auf der Insel zu bleiben, das Beste aus der Situation zu machen und auf ein Neues anzufangen. Und das taten wir dann auch.

Der ganz normale Arbeitsalltag

Nach dem nächtlichen Überfall erfuhren wir, dass unser Haus schon mehrere Male ausgeraubt wurde und wir beschlossen uns eine neue Bleibe zu suchen. Drei Monate und vier Umzügen später hatten wir dann endlich unser Traumhaus gefunden. Es war ein altes, wunderschönes Holzhaus, in einer ruhigen Lage, 50 Meter vom Meer entfernt. Mit zum Haus gehörte eine Haushälterin, die eine Perle von Mensch war. Sie konnte super kochen, liebte unsere Kinder und hatte den Haushalt voll im Griff.

Beste Voraussetzungen zum glücklich sein und auch auf der Arbeit lief alles bestens. Helmut hatte sich einen festen Platz in der Reservierungsabteilung erarbeitet und ich kümmerte mich um den Transport der Touristen. Dabei war die Arbeit am Flughafen immer am spannendsten.

»Wir haben ein technisches Problem an den Turbinen.«

Mit dieser kurzen Bemerkung teilte mir ein Flughafenmitarbeiter mit, dass sich der Abflug des Flugzeuges etwas verspäten wird. Die

Fluggäste waren alle schon eingecheckt und warteten auf das Boarding.

Die Flieger, welche im Vollcharter von LTI unterwegs waren, flogen innerhalb von 24 Stunden einmal Deutschland Dominikanische Republik und zurück. Das bedeutete, sie brachten Gäste aus Deutschland auf die Insel, setzten sie in der Dominikanischen Republik ab und nahmen die Urlauber, deren Ferien zu Ende waren, wieder mit nach Deutschland. Dort wurde die Maschine dann wieder mit frischen Touris aufgefüllt und hob erneut in Richtung Karibik ab. Und das immer so weiter.

Wenn sich jetzt eines dieser Flugzeuge verspätete, war es schwer diese Zeit wieder aufzuholen, denn so verschob sich die Ankunftszeit in Deutschland und damit auch die geplante Abflugzeit. Folglich verspätete sich auch wieder die Ankunftszeit am nächsten Tag in der Dominikanischen Republik. Und immer so weiter.

An diesem Tag waren wir schon eine Stunde über der Zeit und immer noch konnten die Flugzeugmechaniker keine Auskunft darüber geben, wann die Maschine wieder flugfähig ist.

Die Fluggäste wurden langsam nervös. Sie wollten nach Hause, aber am Gate tat sich nichts, was aufs Boarding hin deutete.

Nach 3 Stunden Verspätung begab ich mich dann zu den Wartenden, ging in die Abflughalle und informierte die Fluggäste über die Situation.

328 Menschen standen vor mir, und während der größte Teil die Verspätung gelassen hinnahm, gab es, wie immer in solchen Momenten, einige die nörgeln mussten und laut wurden.

»Das wird nicht billig für euch!«

»Sie hören von meinem Anwalt.«

»Ich bin Reporter bei der Bildzeitung und das gibt einen schönen Artikel.«

»Ihr könnt euren Laden dichtmachen, wenn ich mit euch fertig bin.«

Na ja das übliche dämliche Gequatsche eben.

Ich versuchte die dummen Sprüche einfach zu ignorieren und gab mich verständnisvoll. Das mit dem ignorieren fiel mir dann aber ziemlich schwer, als ein Gast anzüglich wurde und an meinem Hemdkragen rüttelte. In diesem Moment kam mir mein lieber Kollege Manni zur Hilfe und stellte sich zwischen uns.

Der Gast war auf 180 und sein Gesicht lila angelaufen. Er plusterte sich auf wie ein Gockel vor der Henne und schrie Manni ins Gesicht.

»Was wollen sie denn jetzt noch. Sie Pimpf. Wer sind sie überhaupt?«

Manni blieb ganz gelassen, machte eine kurze Handbewegung zum Sicherheitspersonal und sprach weise:

»Ich bin Manfred Heinemann. Und sie - sind verhaftet.«

Ich fand die Szene filmreif und klatschte in die Hände. Einige der Gäste machten es mir nach und unter einem verhaltenen Applaus wurde der Typ doch tatsächlich von den Sicherheitsleuten abgeführt.

»Manni, kannst du den denn so einfach verhaften?«

»Keine Ahnung, aber erstmal hat`s doch geklappt, oder?«

Wir warteten mit den Fluggästen auf Neuigkeiten aus der Düsenwerkstatt und nach weiteren 2 Stunden kam dann die Information, dass das Flugzeug heute nicht mehr starten kann. Es fehle ein Ersatzteil, welches erst morgen eintreffen wird.

Jetzt war guter Rat teuer. Es war inzwischen 21.00 Uhr und wir mussten die Gäste wieder aus dem Flughafen bringen und irgendwo auf der Insel einquartieren. Ein Anruf in der Firma um Quartiere abzuklären blieb erfolglos, da die Büros nicht mehr besetzt waren.

Da standen Manni und ich nun am Flughafen und 327 Fluggäste warteten auf weitere

Anweisungen von uns.

Jetzt brauchten wir erst einmal Busse. Glücklicherweise waren diese gerade auf dem Rückweg von den Hotels, in die sie die frisch angekommenen Urlauber gebracht hatten, und konnten so wieder auf den Flughafen kommen. Der Transport wäre also geklärt. Nun stand nur noch die Frage in der feuchtschwülen Inselluft, wohin mit den Leuten? Dann erreichte ich »Helmut« am Telefon.

»Du, ich brauche mal schnell ca. 200 Zimmer für heute Nacht.«

Sie arbeitete schließlich in der Reservierungsabteilung. 10 Minuten nach meinem Anruf saß sie auch schon im Büro und telefonierte die Hotels ab.

Tatsächlich schaffte sie es, irgendwie für jeden Gast ein Bett zu besorgen. Gut, einige der Gäste, die vorher in einem 5 Sterne Bett schliefen, mussten nun vielleicht auf einer 2 Sterne Matratze liegen, doch wir waren froh, dass überhaupt noch so viele Betten frei waren.

Es war schon 2.00 Uhr nachts, als die letzten Gäste untergebracht waren und das eiskalte Feierabendbierchen hatten wir uns mehr als verdient.

Am nächsten Morgen herrschte in der Firma

mittleres Chaos. Wo sind jetzt welche Leute, wann kann die Maschine starten, wie bekommen wir alle Gäste informiert und wann kommen eigentlich die Urlauber, die in Deutschland auf das Flugzeug warten, welches immer noch in Puerto Plata auf dem Flughafen steht.

Abflug 18.00 Uhr hieß es dann plötzlich und pünktlich standen wir mit den 327 Passagieren am Abfluggate.

»Du Manni! Wo ist eigentlich Passagier 328. Der Heini von gestern. Du weißt schon.«

»Ups, der wird wohl noch ...?«

Wir gingen zum Büro der Wachleute und fragten nach, wo der Querulant von gestern jetzt ist.

»Der sitzt da in der Zelle.«

Natürlich konnten wir den Mann nicht einfach so festhalten, aber das wusste der ja nicht. Also sagten wir ihm, er könne heute nach Hause fliegen, aber nur unter der Bedingung, dass er uns schriftlich bestätigt selbst Schuld an seiner Festnahme zu sein. Und ich glaube, der hätte uns in diesem Moment alles unterschrieben.

Jetzt waren alle Passagiere komplett und eigentlich sollte nun langsam das Boarding beginnen und ich erkundigte mich bei der Abfertigung des Fliegers.

»Kay, es tut mir leid. Das Flugzeug kann heute wieder nicht fliegen. Wir haben keine Crew.«

Das ist natürlich doof. Da steht das Flugzeug vollgetankt und repariert da und keiner kann das Ding fliegen, denn nach internationalen Richtlinien, war der Flugkapitän und seine Mannschaft zu lange im Dienst und musste nun erst einmal ausschlafen.

Dieses Mal verlief die Evakuierung des Flughafens und die Verteilung der Fluggäste in die Hotels wie am Schnürchen.

Am nächsten Vormittag war es dann endlich soweit. Ohne weitere Vorkommnisse und völlig unspektakulär konnten die Urlauber endlich wieder nach Hause und der Flieger verließ Puerto Plata.

Die Arbeit machte großen Spaß. Immer wieder kamen frische Gäste und damit neue Geschichten. Und anscheinend machte ich meine Arbeit gut, denn einen Monat vor der Jahrtausendwende kam mein Boss auf mich zu und bot mir den Posten als Transferchef in dem neuen Büro, an der Ostküste der Insel, in Punta Cana an.

Einen Tag nach der Millenniumsfeier packten wir dann unseren bescheidenen Hausrat zusammen und verließen Sosua, an der Nordküste der Dominikanische Republik und zogen nach Punta Cana an die Südküste.

So konnte es also auch gehen. Innerhalb eines halben Jahres war ich vom einfachen Transferisten zum Transferleiter aufgestiegen und somit auch schon am Ende der Karriereleiter angekommen. Jetzt bestand meine Aufgabe darin, die Organisation und Logistik des Urlaubergekutsches zu überwachen und zu steuern.

Natürlich bekam auch »Helmut« einen neuen Posten in dem neuen Firmensitz und saß ab sofort im Büro der Chefreiseleitung, welches sich direkt neben dem meinem befand.

Was will man mehr?

Es war fantastisch. Noch vor knapp einem Jahr sollte ich am Tor der JVA Stendal klopfen und auf einmal lebten wir unter der karibischen Sonne und es gab nichts, an dem es uns fehlte.

Durch unseren Firmenausweis waren wir privilegiert, die Angebote fast aller Hotelanlagen in Punta Cana zu nutzen. Sei es das karibische Abendessen und das reichhaltige Frühstücksbuffet oder einfach nur die großzügigen Wasserlandschaften mit gemütlicher Poolbar. Und das alles kostenlos versteht sich.

Unsere Firma zahlte sogar die Miete für unser schickes Häuschen in einer bewachten Wohnanlage und verdoppelte unsere Gehälter.

Wir waren angekommen in unserem neuen Leben und das taufrische Jahrtausend hätte keinen besseren Start für uns bereithalten können.

Ein halbes Jahr in Saus und Braus verging, als wir feststellten, dass wir eigentlich alles erreicht hatten, wovon viele träumen, jedoch die spannenden Momente im Leben nicht mehr da waren.

Es fehlte einfach das chaotische im Tagesablauf, die Improvisation bei unlösbar scheinenden Problemen, die Neugier auf das was kommt und das Gefühl, im Leben wieder einen Schritt weiter gekommen zu sein.

Wir hatten eine super Anstellung, doch wir traten auf der Stelle und genau das war es dann wohl auch, was unsere stärker werdende Unzufriedenheit auslöste. Wir musste etwas ändern.

Die Idee ein eigens Unternehmen zu gründen und den bis dahin touristisch wenig erschlossenen Westen der Insel zu erschließen entstand aus einer Leckerbierchenlaune heraus.

Wir neigen nicht unbedingt zu Unspontanität und so folgte der Idee auch schnell die Umsetzung.

In der Firma verstand uns kaum jemand, als wir unsere Kündigungen einreichten und unsere Uniformen an den Kleiderhaken hängten.

»Die Türen stehen euch immer offen, wenn ihr es euch nochmal anders überlegen solltet.«

Doch unsere Entscheidung war endgültig. Wir waren entschlossen, nochmal neu durchzustarten. So nahmen wir im Juli 2000 Abschied von unserer Firma und zogen an die

Westküste der Dominikanischen Republik.

Wir hatten einiges gespart und würden damit bei geschickter Haushaltsführung, ohne Einkünfte ein halbes Jahr überleben können.

Ein kleines Häuschen an der Strandpromenade von Barahona sollte von nun an unser neues zu Hause sein. Hier quartierten wir auch den Sitz unserer neu gegründeten Firma ein und entwickelten Ausflüge zu den Sehenswürdigkeiten der Westküste.

Das Konzept für unser Vorhaben stand und Kontakte zu Busunternehmen, Tourguides und den Anlaufpunkten der touristischen Highlights waren geknüpft. Jetzt fehlten nur noch Touristen, die sich in der Gegend umher schaukeln lassen und unsere Touren buchen.

Unter Insidern munkelte man, dass der internationale Flughafen von Barahona demnächst von mehreren großen Fluggesellschaften angeflogen wird. Damit kämen dann auch die erhofften Urlauber, und dass an diesem Gerücht etwas dran sein musste, sah man daran, dass bereits große Hotelketten neue Hotels aus dem Boden stampften.

Wir mussten also nur warten, bis der erste Flieger landet und dann die Touris in unsere Busse locken.

Es war zwar noch keines der erhofften Flugzeuge angekommen, aber wir hatten nach kurzer Zeit unsere ersten Kunden. Eine achtköpfige französische Reisegruppe wollte sich den »Lago Enriquillo« anschauen und buchte bei uns die entsprechende Tour.
Meine Französischkenntnisse beschränken sich auf die Worte Paris und Baguette. Und da die Franzosen sich grundsätzlich weigern irgendeine Sprache zu sprechen, die sich nicht französisch anhört, war die Fahrt, nachdem ich von Paris geschwärmt und mich als Fan von Baguettes geoutet hatte, sehr ruhig. Denn die acht Leute selbst, hatten sich anscheinend gar nichts mehr zu sagen.
Mit mir wollten sie nicht sprechen, da das nur auf Englisch, Spanisch oder Deutsch funktioniert hätte. So saßen wir eben einen ganzen Tag schweigend zusammen und genossen einfach die landschaftliche Schönheit der Dominikanischen Republik.
Die Tour schien den Franzosen trotzdem gefallen zu haben, denn neben der normalen Bezahlung, gab es noch ein saftiges Trinkgeld oben drauf.
Es war ein toller Beginn für unser Unternehmen, und wir waren guter Dinge, dass unser Tourenangebot uns bald ernähren

wird.

Doch manchmal hat das Leben einfach etwas anderes mit einem vor. So blieben die erhofften Flugzeuge weiter aus und damit die Touristen.

Drei Monate saßen wir inzwischen in Barahona und die einzigen Gäste, die wir zählten, waren die stummen acht Franzosen.

Wir überlegten, was wir tun können. Wenn sich die Lage nicht ändert, müssen wir den Gürtel gewaltig enger schnallen. Reis mit Bohnen stehen dann öfter auf dem Speiseplan als uns lieb wäre und auch unsere Kinder müssten auf die kostenfreie staatliche Schule wechseln, welche nicht unbedingt unseren Vorstellungen von Bildungseinrichtung entsprach.

Jetzt wäre der Zeitpunkt gewesen, um den alten Zeiten in Punta Cana nachzutrauern, aber das taten wir nicht. Schließlich war es unsere Entscheidung, den Weg zu gehen, der das Ziel bedeutete. Und wir wussten schließlich, dass wir uns nie fragen müssen, was wäre gewesen wenn ...?

Ein weiterer wirtschaftlicher Dürremonat folgte und unsere Situation forderte eine schnelle Entscheidung über unsere nächsten Schritte.

Wir saßen mit unseren Kindern zusammen und besprachen die Optionen für die bevorstehende Zeit.

Finanziell waren wir am Limit. Wir hatten zwei Kinder zu versorgen und seit einiger Zeit, spürten wir so etwas wie Heimweh. War es etwa an der Zeit, sich der Vergangenheit in Deutschland zu stellen?

Der Familienrat tagte mehrere Stunden und alle Für und Wider wurden gegeneinander aufgewogen. Am Ende stand eine unerwartete Entscheidung fest.

»Deutschland, wir kommen zurück.«

Es dauerte nicht lange und wir hatten wieder einmal unser ganzes Hab und Gut verkauft. Unser Freund Dirk besorgte uns einen günstigen Flug in die alte Heimat und er, der uns bei unserer Ankunft auf der Insel abholte, war es dann auch der uns wieder am Flughafen verabschiedete.

Insgesamt 20 Monate lebten wir in der Dominikanischen Republik und es war eine fantastische Zeit, die unvergesslich bleiben wird. Und doch zog es uns zurück nach Deutschland.

Am Tag unserer Abreise wussten wir nicht, wie es in Zukunft weiter gehen wird. Warten am Flughafen vielleicht schon die

Handschellen auf mich und werden wir von Deutschland überhaupt wieder aufgenommen? Wie sieht es auf dem Arbeitsmarkt aus und kommen wir vielleicht sogar irgendwann zurück auf diese faszinierende Insel?

Ein paar Tränen, ein letztes Winken und dann startete das Flugzeug in Richtung Europa, während für uns nur noch Erinnerungen blieben. Doch das Leben spielt in der Gegenwart und nicht in der Vergangenheit und so landeten wir mit vier Koffern, welche unser gesamtes Hab und Gut beinhalteten, auf dem Berliner Flughafen.

Gedanklich hatte ich mich darauf vorbereitet, dass ich an der Passkontrolle stecken bleibe und die nächsten 70 Tage hinter vergitterten Fenstern verbringen werde. Ich schob meinen Reisepass durch die kleine Luke des gläsernen Zollbeamtenkastens. Der Zöllner schaute kurz in mein Dokument und verzog keine Miene. Nach ein paar Sekunden des Bangens dann die erleichternden Worte. »Der Nächste bitte!«

Hatte die deutsche Justiz mich etwa vergessen? Schnell schnappte ich nach meinem Pass und schob mich durch die enge Tür auf sicheren deutschen Boden.

»Na dann werden wir mal. Auf zu neuen Taten.«

Das letzte Kapitel

Deutschland hatte uns wieder. Meine Frau, meine Kinder und ich standen abermals vor dem Nichts und dem kompletten Neuanfang.

Vier Koffer waren alles, was wir an materiellen Dingen besaßen und viele Menschen würden das arm nennen. Doch das waren wir nicht. Im Gegenteil, wir waren reich. Reich an Lebenserfahrung, die mit Geld nicht aufzuwiegen war.

Jetzt galt es erneut in die Hände zu spucken und die große Bühne des Lebens abzuschreiten.

Bei einer lieben Cousine, die in der Nähe von Berlin wohnte, fanden wir unser vorübergehendes Quartier.

Berlin sollte auch für die Zukunft unser neues zu Hause werden, denn in unsere alte Heimat Salzwedel wollten wir nicht zurück. Das Gerede der Kleinstadt und die bröckelnde Infrastruktur waren kein wirksames Lockmittel für uns und so schauten wir nach einer Wohnung in dem Dunstkreis der preußischen Metropole.

Vorher meldeten wir uns ordnungsgemäß

behördlich an. Dabei hofften wir insgeheim auf etwas finanzielle Unterstützung durch die Ämter, doch die stellten sich erwartungsgemäß stur an und legten uns einige Stolpersteine in den Weg.

In einer kleinen Gemeinde, im sogenannten Speckgürtel von Berlin, fanden wir dann eine passende Wohnung zur Untermiete und unsere Wohnungseinrichtung bestand aus vier geschenkten Matratzen und einem ausgedienten Computer.

Eine Einbauküche mit Geräten gehörte zur Wohnungsausstattung und so fehlte es uns eigentlich an nichts. Doch um in Deutschland überleben zu können, braucht man Geld, und da wir von den Ämtern so schnell nichts zu erwarten hatten, suchten wir intensiv nach einem Job.

In einer Stellenanzeige beim Arbeitsamt stieß ich dann auf ein norddeutsches Unternehmen, welches einen Fliesenlegermeister suchte und kurze Zeit später hatte ich dieses auch schon an der Telefonstrippe.

Am nächsten Morgen machte ich mich auf nach Wilhelmshafen, um den Arbeitsvertrag zu unterschreiben und meinen neuen Arbeitgeber kennen zu lernen.

Für 300,- D-Mark hatten wir uns ein paar Tage

zuvor einen gebrauchten oder besser gesagt einen verbrauchten Ford Fiesta, der zwar sehr alt, klein und schon etwas angegammelt war, aber immer noch gültige TÜV- und ASU-Plaketten hatte, gekauft. Mit diesem war ich nun unterwegs in den Norden der Republik.

Wer damals in Deutschland einen Handwerksbetrieb eröffnen oder führen wollte, benötigte dafür einen Meistertitel, der einem die nötige Qualifikation bestätigte. Ein Papier, das gewiss kein Garant für den Erfolg eines Unternehmens war, was ich ja am eigenen Leib erfahren hatte, aber der Meisterbrief und die damit verbundene Eintragung in die Handwerksrolle war nun Mal Gesetz, von dem ich jetzt profitieren sollte.

Der Chef der Fliesenbude saß mir gegenüber und schob mir ein Tässchen Kaffee vor die Nase, bevor er mir sein Angebot unterbreitete.

»Ich suche eigentlich keinen Fliesenlegermeister zur festen Anstellung, sondern eher jemanden, der so tut, als wäre er bei mir angestellt. Wir sind ein Fliesenhandel, aber unsere Kunden brauchen auch immer jemanden, der ihnen die Fliesen verlegt. Und das ist der Punkt. Inzwischen beschäftige ich drei Fliesenleger, was ich normalerweise gar nicht darf. Um aus dieser Grauzone der

Illegalität herauszukommen, suche ich eben einen Meister, den ich auf dem Papier anstelle und somit die Berechtigung zum Führen eines Handwerksbetriebes bekomme.«

Ich hatte schon davon gehört, dass sich Handwerksmeister zum Schein anstellen ließen und somit dem jeweiligen Betrieb ermöglichten einen Handwerksbetrieb zu führen.

Ich brauchte dringend Geld und so war für mich eigentlich nicht die Frage, ob ich mich auf dieses Angebot einlasse, sondern wie viel Geld mir dieses Meisterkopfhinhalten einbringt.

Der vorbereitete Arbeitsvertrag lag vor mir auf dem Tisch, und als ich an der Stelle meines zukünftigen Gehaltes ankam, brauchte ich nicht lange überlegen, griff nach dem Kugelschreiber und setzte meine Unterschrift unter das Papier.

Ich war super gut gelaunt. Ich pfiff mir eins und holperte in meinem kleinen blauen Ford Fiesta mit 100 km/h über die Autobahn in Richtung Berlin.

Wenn ich noch zwei solcher Arbeitsverträge unterschreibe, wären alle Geldsorgen vergessen und das, ohne arbeiten zu müssen. Ich freute mich und dachte, dass es nun wieder aufwärts geht.

Mein Wagen war nicht der Schnellste auf der Autobahn, doch das war mir wurscht und ich lächelte den mich überholenden Fahrzeuge zu. Plötzlich sah ich eine Polizeiuniform im Wagen neben mir und auch das Auto in grün weiß deutete auf die Anwesenheit von Gesetzeshütern hin. Kurz darauf kam auch schon die rote Kelle aus dem Fenster des Opel Omegas und ich wurde auf den nächsten Rastplatz gewunken.

»Hauptwachtmeister ..., Ausweis, Führerschein und Fahrzeugpapiere bitte.«

Die Fahrzeugpapiere hatte ich dabei, doch mein Ausweis und Führerschein lag auf dem Küchentisch unserer Wohnung.

Der Beamte schrieb meine Personalien auf einen Zettel und schlich zu seinem Funkgerät. Sein Kollege bat mich derweilen den Kofferraum zu öffnen, um sich darin umzusehen.

»Sie haben keine Drogen dabei?«

Ah, daher wehte der Wind. Mein kleines altes Auto ließ die Beamten darauf schließen, dass ich aus Holland komme und mich für die nächste Zeit mit Drogen eingedeckt hatte. Vielleicht war den Beamten aber auch nur mein breites Grinsen, welches sich seit der Unterschrift unter meinen Arbeitsvertrag, in meinem Gesicht eingenistet hatte, komisch vorgekommen.

Der Gesetzeshüter stülpte sich ein paar Gummihandschuhe über und durchsuchte mein kleines Auto.

»Ok, alles bestens. Mein Kollege wird sicher gleich fertig sein und dann können sie weiter fahren.«

In diesem Moment legte der Kollege sein Funkgerät aus der Hand und kam mit seinem Zettelchen wieder zu uns.

»Herr Heimes, mit ihrem Führerschein und dem Fahrzeug ist alles in Ordnung. Aber gegen sie läuft ein Wohnfeststellungsverfahren. Für uns bedeutet das, dass wir sie mit auf das Revier nehmen müssen, um die Sachlage zu klären.«

Oh, Schitt. Ich merkte, wie das Blut meinen Kopf verließ und ich kreidebleich wurde. Der Polizist kam zu mir und bat mich meine Hände auf den Rücken zu legen. Kurz danach klackten die kalten, stählernen Handschellen an meinen Handgelenken.

Die beiden Polizisten setzten mich auf die Rückbank ihres Opel Vectras und nachdem ich den Kloß, welcher in meinem Hals steckte, runter geschluckt hatte, erkundigte ich mich, was denn mit meinem Auto passiert.

»Wenn sie wollen, kann mein Kollege damit bis zur Wache fahren und es dort abstellen.«

Mit 140 km/h ging es dann über die Autobahn. In meinem Kopf fuhren die Gedanken Achterbahn, während ich im Rückspiegel, mein armes, kleines Auto sah, das sich quälte, mit dem Opel Omega mitzuhalten und schon dicken, weißen Rauch aus dem Heckteil blies.

Die Handschellen quetschten an meinen Gelenken und die Arme und Schultern taten mir langsam weh.

Ich fühlte mich wie ein Schwerverbrecher und fragte mich, warum man mir nicht gleich noch eine dicke Eisenkugel ans Bein kettete. Natürlich wusste ich, wieso ich jetzt in dieser misslichen Lage war, doch ich wusste nicht, was jetzt kommt und wie es weiter geht.

Vor dem Gesetz war ich schuldig der Steuerhinterziehung, doch vor meinem Gerechtigkeitssinn hatte ich alles richtig gemacht und das machte mich wütend.

Dann fuhren wir endlich auf den Hof des Polizeireviers und auch mein kleiner Ford rollte keuchend, aber ohne sichtliche Schäden auf den Parkplatz.

Die beiden Beamten entschuldigten sich noch bei mir für die Unannehmlichkeiten, bevor sie mich auf die Wache brachten und mir die

Handschellen wieder abnahmen. Ich war mir sicher, dass das ein paar blaue Flecke geben wird.

Ich bekam einen Stuhl und ein Glas Wasser angeboten. Dann wartete ich eine gute Stunde, ohne dass etwas passierte. Mein Telefon hatte man mir abgenommen und so konnte ich nicht einmal zu Hause Bescheid geben.

Da saß ich nun. In einem Polizeirevier, irgendwo im Norden Deutschlands. Und auch wenn ich Angst vor dem Gefängnis hatte, war ich doch irgendwie froh darüber, nun endlich mit all diesem Schwachsinn abschließen zu können.

»Eigentlich bin ich doch ein feiner Kerl und irgendwie wird bestimmt alles gut.«

Es tat sich endlich etwas im Revier.

»Herr Heimes, wir bringen sie jetzt zur Untersuchungshaft nach Aurich, wo man ihnen morgen dann sagen wird, wie es weiter geht. Ich denke, die Handschellen brauchen wir nicht mehr.«

»Kann ich denn schnell mal telefonieren?«

»Dort, das Telefon können sie benutzen.«

Ich steckte meinen letzten Taler in das Münztelefon und wählte unsere Nummer. Es klingelte, doch am anderen Ende wollte niemand mit mir sprechen. Nach einer Minute

legte ich wieder auf und das Telefon verschluckte mein letztes Kleingeld.
Der Polizist reichte mir freundlicher Weise nochmals mein Handy.
»Schreiben sie schnell eine Nachricht. Ihre Familie sollte wissen, wo sie sind.«
Was schreibt man in solch einem Fall? Nach kurzem Überlegen tippte ich eine kurze SMS ins Handy.

»BIN VERHAFTET. MELD MICH WIEDER.«

So, liebe Leser, bis dahin erst ein mal.
Vielleicht werde ich meine Erlebnisse in der JVA
und was das Leben noch so für uns bereit hielt
demnächst niederschreiben.
Also, bleibt gespannt!

Über Kommentare oder Rezessionen würde ich
mich freuen.

Euer Kay

Abenteuer Auswandern

Neuanfang Paraguay

ISBN:

978-3-656560722

Zwei Länder

Vier Flip-Flops

ISBN:

978-3-734742118

In-Kuba-tion

ISBN:

978-3.738620924